新訳

ナルニア国物語3

夜明けのむこう号の航海

C・S・ルイス
河合祥一郎＝訳

角川文庫
22563

The Chronicles of Narnia,
The Voyage of the Dawn Treadere
by C. S. Lewis 1952

目次

登場人物

ルーシー
ペベンシー家四人兄妹のいちばん下の妹。
古代ナルニアの女王。最初の扉を開く。

カスピアン王
現ナルニア国王。
第二巻でルーシーたちに命を救われた。

ユースタス
ペベンシー家四人兄妹のいとこ。
性格の悪いひねくれもの。

エドマンド
ペベンシー家四人兄妹の次男。
古代ナルニアの王のひとり。

リーピチープ
誇り高きネズミの騎士。
この世の果てを越える運命？

ドリニアン卿
たよりになる船長。

ラインス
副船長の航海士。

ライネルフ
働き者の船乗り。

バーン卿
行方不明の貴族のひとり。

魔法使い
声の島を支配する謎の人物。

ラマンドゥの娘
星の島に住む美しい娘。

アスラン
聖なる森の王で最強のライオン。

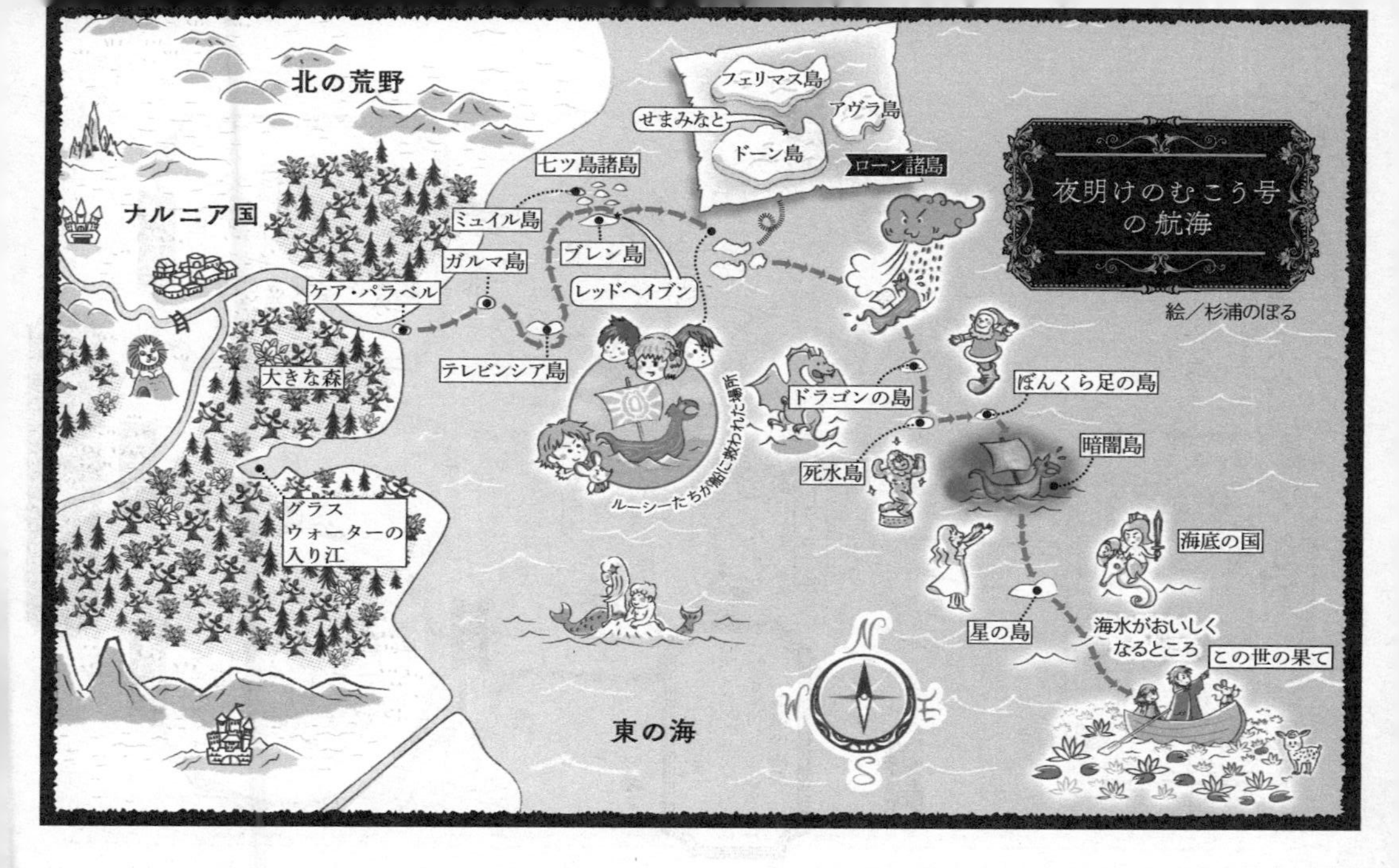

夜明けのむこう号
の航海
絵／杉浦のぼる
北の荒野
ナルニア国
ケア・パラベル
大きな森
グラス
ウォーターの
入り江
ミュイル島
ガルマ島
テレビンシア島
七ツ島諸島
ブレン島
レッドヘイブン
ルーシーたちが船に救われた場所
フェリマス島
アヴラ島
せまみなと
ドーン島
ローン諸島
ドラゴンの島
死水島
ぼんくら足の島
暗闇島
海底の国
星の島
海水がおいしく
なるところ
この世の果て
東の海
N
S
W
E

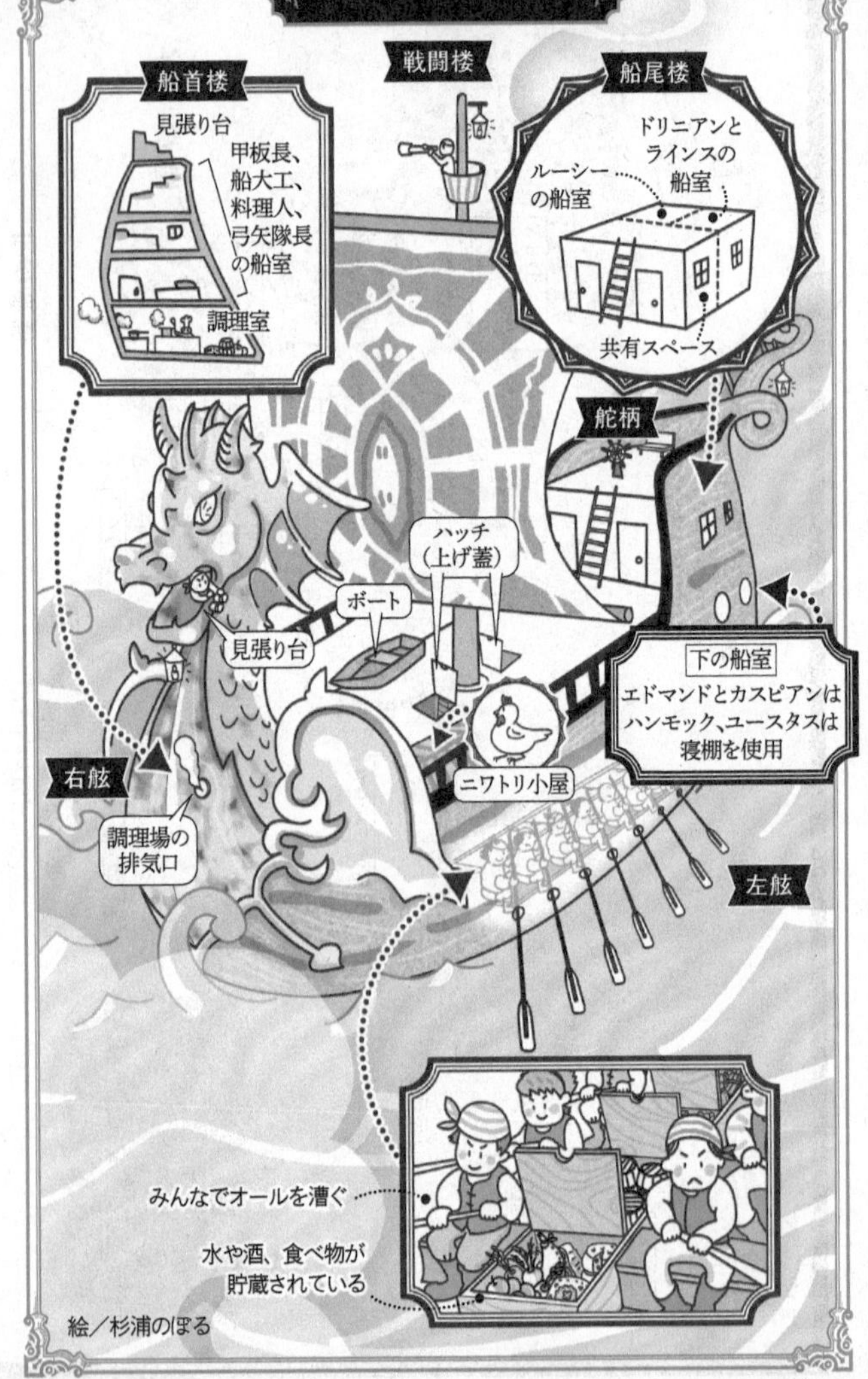
夜明けのむこう号
戦闘楼
船首楼
見張り台
甲板長、
船大工、
料理人、
弓矢隊長
の船室
調理室
船尾楼
ドリニアンと
ラインスの
船室
ルーシー
の船室
共有スペース
舵柄
ハッチ
（上げ蓋）
ボート
見張り台
下の船室
エドマンドとカスピアンは
ハンモック、ユースタスは
寝棚を使用
ニワトリ小屋
右舷
調理場の
排気口
左舷
みんなでオールを漕ぐ
水や酒、食べ物が
貯蔵されている
絵／杉浦のぼる

これまでの『ナルニア国物語』

四人兄妹ルーシー、エドマンド、スーザン、ピーターは、古い洋服だんすを通りぬけて、異世界ナルニアに迷いこんだ。そこは怖ろしい白の魔女が支配する魔法の国だった。四人は言葉を話す動物や妖精たちと力を合わせ、聖なるライオン《アスラン》に導かれて魔女を滅ぼし、古代ナルニアの王、女王となった。二度めにナルニアへ行くと、一千年以上の時が経っていた。四人は、狡猾なミラーズ王に殺されかけたカスピアン王子を救い、命がけの戦いの末に勝利し、カスピアンを新しいナルニアの王としたのだった。

－新訳－

ナルニア国物語

3

夜明けのむこう号の航海

第一章

寝室にかけられた絵

ユースタス・クラレンス・スクラブという名前の男の子がいた。なんだかめんどうな名前だが、その名のとおり、めんどうな子だった。両親はこの子のことを「ユースタス・クラレンス」と呼び、先生は「スクラブくん」と呼んだ。友だちからどう呼ばれていたかは、わからない。友だちがいなかったからだ。この子は、両親のことをお父さんとかお母さんとか呼ばずに、ハロルド、アルバータと名前で呼んでいた。この一家はとても現代的で、なんでも最新式が好きな家族だった。ベジタリアンで、たばこも酒もやらず、特殊な下着を身につけていた。家には家具をあまり置かず、ベッドの寝具もあっさりしていて、窓はいつも開け放しにしていた。

ユースタス・クラレンスは、生き物、とくに甲虫類が好きだった。と言っても、死んで標本になっているのが好きなのだ。本も好きだったが、穀物昇降機の写真とか、外国の実験学校で肥満児童が運動している写真とかが載っている解説書のようなものしか読まなかった。

ユースタス・クラレンスは、いとこのペベンシー家の四人の子どもたち――ピーター、スーザン、エドマンド、ルーシー――が嫌いだった。しかし、エドマンドとルーシーが泊まりに来ると聞くと歓喜した。実は、心の奥では、いばったり、いじめたりするのが好きだったからだ。いざ喧嘩になると、エドマンドどころか幼いルーシーにさえ立ち向かえないほどのいくじなしのくせに、自分の家に泊まりに来た子になら、いくらでも嫌がらせをしてやれると思っていたのである。

　エドマンドとルーシーは、ハロルド叔父さんとアルバータ叔母さんの家に泊まりたくなかったが、しかたなかった。お父さんが、その夏、十六週間もアメリカの大学で講義をする仕事があって、ちゃんとした休暇をこの十年取ったことがなかったお母さんも同行することになったのだ。受験勉強中のピーターは、休みのあいだ、カーク教授に教わることになっていた。この老教授の屋敷こそ、四人の子どもたちが、ずっと昔の戦時中に、すばらしい冒険をしたところだった。もし教授がまだその家に住んでいたら、四人ともそこに泊めてくれたことだろう。けれども、教授はそののち貧乏になって、来客用の寝室がひとつしかない小さな田舎家に引っ越してしまっていた。子どもたち全員をアメリカに連れていくにはお金がかかりすぎるから、スーザンだけがアメリカへ連れていってもらえることになった。

　大人たちは、スーザンのことを家族のなかでもとくに美人さんだと思っていた。スーザンは学校の勉強はふるわなかったが（勉強以外ではおませさんだったのだが）、母親が「スーザンをアメリカへ行かせたら、下の子たちよりたくさん学ぶんじゃないかしら」と言ったのだ。エドマンドとルーシーは、スーザンをうらやましがらないように努めたが、それにしたって自分たちは叔母さんの家で夏休みをすごさなければならないというのはひどすぎた。「ぼくのほうがずっとひどいよ」と、エドマンドはルーシーに言った。「だって、ルーは少なくとも自分の部屋をあてがってもらえるけど、ぼくは、あのとんでもなく嫌なユースタスといっしょの寝室なんだぜ。」

この物語は、エドマンドとルーシーが、こっそりふたりきりで、とても大切な時間をすごしていた、ある午後にはじまる。もちろん、ふたりは秘密の国ナルニアの話をしていたのだった。だれにでも秘密の国はあるかもしれないが、たいていはただの想像の国だ。エドマンドとルーシーは、その点で、しあわせだった。ふたりの秘密の国は本物だったのだから。もう二度も、そこへ行ったことがあるのだ。遊びや夢ではなく、本当に行ったのだ。ナルニアに行けたのは、もちろん魔法のおかげだった。魔法でなければ行けやしない。そして、いつかふたりはナルニアにもどるという約束があって――まあ、約束とまでは言わないまでも――ナルニアにもどることになっていた。だから、機会さえあれば、その話をしていたのである。

ふたりはルーシーの部屋で、ベッドのはしに腰かけて、むかいの壁の絵を見ていた。

この家で、ふたりが好きな絵はこれだけだった。アルバータ叔母さんはこの絵がまったく気に入らなかったが、大切な人からの結婚祝いでいただいた品だったので、捨てるわけにもいかなかった。（それで、二階の奥の小部屋にかけたのだ。）

船の絵だった。こちらへまっすぐ進んでくる船だ。船首は、大きく口を開いた金色のドラゴンの頭になっていた。一本だけあるマストには、濃いむらさき色の大きな四角い帆がひろがっていた。船の横腹――ドラゴンの金色の翼のうしろに見えている部分――は、緑色だった。船はあざやかな青い波に乗りあげたところで、その大きな波頭が、泡立って白い筋を引きながら、こちらへむかって押し寄せている。船は明らかに追い風を受けてすごいスピードで進んでおり、ほんの少し左舷にかたむいていた。（ところで、みなさんは、この話を読むにあたって、もしご存じでなかったら、進行方向をむいて船の左を左舷、右を右舷と呼ぶことを覚えておいてほしい。）船には左舷から陽がさんさんと射しこんでおり、そちら側の海は一面、緑やむらさき色になっていた。反対側は船のかげになっていて、暗い青だった。

「ナルニアに行けないのに、ナルニアの船を見てたりしたら、ますます残念な気持ちにならないかなあ」と、エドマンドがルーシーに言った。

「なにもしないより、見てたほうがいいわ。それに、この船、ほんとにナルニアっぽいわよ。」

そこへユースタス・クラレンスがやってきて、「また例のお遊びかい？」と、声をかけた。ドアの外で立ち聞きをしていて、にやにやしながら部屋に入ってきたのだ。この子は、去年ペベンシー家に泊まったとき、みんながナルニアの話をするのを聞きつけて、それからというもの、その話のことでふたりをからかってはよろこんでいた。もちろん、でっちあげだと思っていたのだ。自分ではなにも思いつけなかったので、くだらない話だと、いちゃもんをつけたのだ。

「きみに用はないよ。」エドマンドが、ぶっきらぼうに言った。

「歌を作ろうと思ってね」と、ユースタス。「こんな感じで――

　ナルニアごっこをする子ども、
　どんどんばかになるにゃあ、なるにゃあ。」

「そもそも、『ナルニア』と『なるにゃあ』じゃ、韻にならないわ」と、ルーシー。

「類韻っていうんだよ」と、ユースタス。

「『ルイなんとかって、なあに？』なんて聞いちゃだめだぞ」と、エドマンド。「聞いてもらいたくて言ってるだけだからな。知らん顔してたら、きっと、どっかへ行っちまうよ。」

こんなことを言われたら、たいていの男の子は、かっとなるか出ていくかするのだが、ユースタスはどちらもしなかった。ただにやにやしながらそこにいて、やがてまたこう言いだした。

「この絵が好きなのかい？」

「芸術がどうのこうのなんて話をはじめさせるなよ」と、エドマンドは急いで言ったが、ルーシーはとても正直だったので、もうこう言っていた。

「ええ、大好き。」

「ひどい絵じゃないか」と、ユースタス。

「ここから出てけば、見なくてすむぜ。」エドマンドが返した。

「なんで好きなのさ？」ユースタスは、ルーシーにたずねた。

「えっと、まず、船がほんとに動いてるみたいだから好き。それから、お水がほんとにぬれてるみたいだから。それから、波がほんとにあがったりさがったりしてるみたいだから。」

もちろんユースタスは、これに対してあれこれ言い返すことはできたが、だまっていた。というのも、そのとき波が本当にあがったりさがったりしているように見えたからだ。ユースタスは一度だけ船に乗って（すぐ近くのワイト島まで行っただけだったが）、ひどい船酔いになったことがあった。この波を見ていると、また船酔いをしそうだった。ユースタスは、かなり青い顔をして、もう一度よく見た。そして、そのとき、三人の子どもはみんな口をあんぐりあけて目を見はった。

本で読んだだけでは、そのとき三人が目にしたものを信じられないだろうが、実際に目の当たりにしても、やはり信じられなかった。絵のなかのものが動いていたのだ！　単なる動画ではない。色があまりにも生き生きとあざやかで、本当に戸外にいるようだった。船首が波のなかへしずんでゆき、その反動でものすごい水しぶきがあがった。それから船のうしろが波に高く持ち上げられ、船尾と甲板が初めて見えたかと思うと、つぎの波がやってきて、うしろのほうが見えなくなり、船首がふたたび高くあがった。そのとき、ベッドの上のエドマンドのそばにあった練習帳が風を受けてパタパタとめくれたかと思うと、宙に舞いあがり、エドマンドのうしろの壁のほうへ吹き飛ばされた。ルーシーは、強風の日のときのように、髪の毛が顔じゅうにまとわりつくのを感じた。たしかに強い風が吹いていたが、風は絵のなかから吹いているのだ。そして突然、風といっしょに、音が——波のザブーンという音と、水が船にぶつかる音と、船のきしむ音と、うなるような風と波の音が——聞こえていた。しかし、ルーシーがこれは夢じゃないんだわと確信したのは、あのにおい——荒々しい潮の香り——をかいだときだった。

「やめろ！」こわくなったユースタスが、むかついたように金切り声をあげた。「きみたちふたりの、ばかげたいたずらだろ。やめろ。アルバータに言いつけるぞ。――うわあ！」

ルーシーとエドマンドは、ユースタス・クラレンスより冒険にずっと慣れていたが、ユースタスが「うわあ」と言ったのに声をあわせて「うわあ」とさけんでしまった。冷たい海の大きな水しぶきが、絵の額縁からどっと飛び出してきて、三人ともびしょぬれになったばかりでなく、息もつけなくなったのだ。

「こんなもの、ぶっこわしてやる！」ユースタスがそうさけんだとき、いろんなことがいっぺんに起こった。ユースタスが絵にむかって走ったので、魔法について少しは知っているエドマンドが「気をつけろ、ばかなことをするな」と注意しながら追いかけた。反対側からルーシーがユースタスにしがみついて引きずられた。そのときまでに、子どもたちが小さくなったのか、絵が大きくなったかしたのだろう。壁から外そうとして絵に飛びついたユースタスは、気づいたら額縁のへりに立っていた。目の前にあるのは、ガラスではなく、本物の海だ。風と波とが、岩に打ち寄せるように、額縁へ押し寄せている。あわてたユースタスは、ちょうどとなりに飛び乗ってきたふたりにしがみついた。一瞬、もみあい、さけびあって、なんとかバランスを保ったかと思った瞬間、巨大な青い波がどっと押し寄せ、三人を足もとからすくって、海へと押し流した。ユースタスの絶叫は、水が口に入ったとき、ふっと聞こえなくなった。

ルーシーは、この夏学期に水泳をまじめに練習しておいてよかったと、心から思った。もっとゆっくり水をかいて泳いだほうがよかっただろうし、水は絵で見ていたときよりもずっと冷たく感じられたけれども、おちついて、水のなかで靴をぬぎ捨てた。服を着たまま深い水に落ちたときには、そうしなければならない。口を閉じて、水中で目をしっかり見開いたのもえらかった。船はかなり近くにあり、頭上高くに、船の緑色の横腹がそびえているのが見えた。甲板からこちらを見下ろしている人たちもいる。それから、ユースタスが、いかにもユースタスがやりそうなことだが、無我夢中でしがみついてきて、ふたりともブクブクとしずんでいった。

もう一度水の上に顔を出せたとき、白い人かげが船べりから飛びこむのが見えた。そばではエドマンドが立ち泳ぎをしていて、大声でわめきちらすユースタスの両腕をつかまえたところだった。そのとき、反対側から、だれかがルーシーに腕をまわしてきた。どこかで見たような顔だ。船のあちこちから怒鳴る声が聞こえ、船べりに頭を寄せている人たちがいて、ロープが海へ投げこまれた。エドマンドとその知らない人がロープをルーシーに巻きつけた。なかなか船に引きあげてもらえず、そのあいだにルーシーの顔はどんどん血の気を失い、歯がガチガチと鳴った。実際はそれほど手間どったわけではなく、ルーシーが船の横腹にぶつからないよう安全に引きあげられるように頃合いを見計らっていただけだった。できるかぎり気をつけたのだが、それでもルーシーがずぶぬれになってふるえながら甲板に立ったときには、ひざこぞうにあざができていた。ルーシーにつづいてエドマンドが引きあげられ、そのあと、あわれなユースタスが助けられた。最後に、さっきの知らない人があがってきた。ルーシーよりも少し年上の金髪の少年だ。

「カ――カ――カスピアン！」ルーシーは、息がつけるようになったとたん、あえぐような声で言った。たしかにカスピアン王子だった。ルーシーたちが、この前ナルニアを訪れたとき、王座につかせてあげたナルニアの少年王カスピアンだ。エドマンドもすぐに王子だとわかった。三人は、大よろこびをして、握手したり、背中をたたきあったりした。

「ところで、きみたちが連れてきたその子は、だれだい？」カスピアンは楽しそうなほほ笑みを浮かべたまま、すっとユースタスのほうを見て言った。しかし、ユースタスは、ただびしょぬれになったぐらいで大きな子がそんなに泣くものではないというほど大泣きをして、こうさけびつづけていた。「帰らせて。帰らせてくれ。こんなのは嫌だ。」

「帰してって、どこへだい？」カスピアンがたずねた。

ユースタスは、まるで海の上に絵の額縁がかかっていて、ひょっとするとルーシーの寝室が見えるんじゃないかとばかりに、船べりへ駆けだした。そこに見えたのは、水平線のかなたまでずっとつづいていく、白く泡立つ青い波と水色の空ばかりだった。ユースタスががっくりと落ちこんだのも無理はない。とたんに、ユースタスは船酔いになってしまった。

「おい！　ライネルフ！」カスピアンが、船乗りのひとりを呼んだ。「こちらの陛下たちに、スパイス入りワインを持ってきてくれ。こんなにぬれてしまっては、なにか温まるものが必要だからね。」カスピアンがエドマンドとルーシーを陛下たちと呼んだのは、ずっと昔、ふたりはピーターやスーザンといっしょに、ナルニアの王と女王であったからだ。ナルニアでの時間のたちかたは、私たちの世界とちがっている。ナルニアで百年すごしても、こちらの世界へもどってくると、こちらの世界を旅立ったまさにその日のその時刻へもどってこられるのだ。逆に、こちらの世界で一週間してからナルニアへもどると、ナルニアでは千年がすぎているかもしれないし、あるいは一日だけがすぎていたり、ぜんぜん時間がたっていなかったりするかもしれない。そこへ行ってみないとわからないのだ。それゆえ、ペベンシー家の子どもたちが二度めにナルニアへ行ったとき、（ナルニア人にとっては）まるで、きっといつかよみがえるだろうと言われていた伝説のアーサー王がイングランドによみがえったかのようなさわぎだった。ほんとにアーサー王が早くよみがえってくれるといいのだけれど。

ライネルフが、湯気のたつスパイス入りワインを瓶に入れて、銀のコップ四つといっしょに持ってきてくれた。まさに必要なものだった。ルーシーとエドマンドは、それをすすると、爪先まで温まるのを感じた。だが、ユースタスは顔をしかめて、ペッペッと吐き出して、また気分を悪くして泣きだした。それから、プラムツリー印のビタミン入りエナジー食品はないかとたずね、あったらそれを蒸留水でうすめてほしいなどと、だだをこね、とにかくつぎの港で陸地におろしてほしいと言いはった。

「ゆかいなお友だちを連れてきたもんだね、兄弟。」カスピアンがくすくす笑いながら、エドマンドにささやいた。しかし、カスピアンがそれ以上なにか言う前に、ユースタスがまたさけびだした。

「うわ！　げげっ！　こいつはいったいなんだ！　どっかへやってくれ、この気持ち悪いもの。」

こんどばかりは、少し驚いたのもしかたない。船尾楼（船の後部にあって、甲板より一段高くなった建造物）の船室からとても不思議なものが出てきて、ゆっくりこちらへやってきたのだ。それはネズミのようで――いや、まさにネズミだった。ところが、うしろ足で立っていて、六十センチほどの身長があったのだ。頭には金色の細い輪っかが、片耳の下と、もういっぽうの耳の上を通ってはまっており、そこに真っ赤な長い羽根がはさまっていた。（ネズミは黒っぽい毛をしていたので、羽根はとてもあざやかに目立っていた。）左の前足は、しっぽとほぼ同じくらい長い剣の柄にかかっていた。ゆれる甲板の上をどうどうと歩く、そのネズミのバランスの取りかたは完璧であり、その態度は礼儀正しいものだった。ルーシーとエドマンドは、すぐにそれがだれだかわかった。リーピチープだ。ナルニアの口をきく獣たちのなかで最も勇敢なネズミのボスだ。二度めのベルーナの戦いにおいて不滅の名誉を勝ち得たネズミである。ルーシーは、リーピチープをぎゅっとだきしめたくてしかたがなかった。昔からずっとそうしたいと思っていたのだけれども、それは絶対にできないとわかっていた。そんなことをしたら、リーピチープはひどく気を悪くしてしまう。そこでルーシーは、片ひざをついて話しかけた。

リーピチープは、左足を前へ出し、右足を引いて、おじぎをし、ルーシーの手にキスをしてから、背筋をのばして、ひげをいじくり、かん高いキーキー声で言った。

「女王陛下へ、つつしんでお仕え申しあげます。そして、エドマンド王へも。」（ここで、リーピチープはまたおじぎをした。）「この栄光ある冒険に欠けておったのは、ただただ両陛下のご参加でございました。」

「うへえ、どっかへやってくれよ」と、ユースタスが声をあげて泣いた。「ぼくは、ネズミが大嫌いなんだ。それに、芸をする動物なんて、たえられない。ばかげてるし、くだらないし、お涙ちょうだいの見世物だ。」

リーピチープは、じっとユースタスを見つめてから、ルーシーにたずねた。

「こちらのきわめて無礼な御仁は、女王陛下の保護下にあるのでしょうか？ と申しますのも、そうでないなら――」

このとき、ルーシーとエドマンドがそろって、くしゃみをした。

「きみたちをずぶぬれの服のまま、こんなところに立たせておくなんて、ばかだった」と、カスピアンが言った。「下の船室に行って、着替えてくれ。もちろん、ぼくの船室を使ってくれよ、ルーシー。ただ、残念ながら、女物の服はこの船にないんだ。ぼくの服でがまんしてくれなきゃならないな。リーピチープ、案内してくれ、たのむよ。」

「なにはさておき、ご婦人に快適におすごしいただくのが先でございます。名誉の問題もあとまわしにしなければなりません――さしあたっては。」リーピチープはそう言うと、じろりとユースタスをにらんだ。しかし、カスピアンが急かしたので、すぐにルーシーは船尾の船室へつづくドアを通ることになった。ひと目見て、ルーシーはその部屋が大好きになった。三つの四角い窓からは、船のうしろでうずまいている青い波が見える。テーブルをとりかこむ三面の壁には、クッションのついた低いベンチがぐるりとめぐっていて、天井からは銀のランプがさがってゆれていた。（ランプのすばらしく精密な細工を見たとたんに、これはこびとが作ったんだわと、ルーシーにはわかった。）それから、ドアの上の壁には、ライオンのアスランの形に作られた金の平たい飾りがかかっていた。こうしたようすをルーシーはひと目で見てとった。というのも、カスピアンがすぐに右舷のドアをあけて、こう言ったからだ。

「これがきみの部屋だよ、ルーシー。ちょっと、ぼくが着る乾いた服を取らせておくれ。」カスピアンは、戸棚のなかをさがしながら、話しつづけた。「そしたら、きみが着替えられるように出ていくからね。ぬれたものは、ドアの外へ放り出しとけばいいよ。調理場で乾かすように運んでもらうから。」

ルーシーは、この船室にもう何週間もいるかのように、すぐにおちついた。船のゆれも気にならなかった。というのも、ずっと昔、ナルニアの女王だったころ、ずいぶん航海をしたからだ。カスピアンの船室はとてもせまかったが、絵を描いた板が張れていて明るく（鳥や、動物や、赤いドラゴンや、ブドウのつるの絵が、いっぱい描かれていた）、部屋には、しみひとつなく、きれいだった。カスピアンの服は、ルーシーには大きすぎたが、なんとか着られた。カスピアンの靴もサンダルも長靴も、あまりに大きすぎて、はけなかったが、ルーシーははだしで船の上を歩きまわってもへいきだった。着替えをおえると、窓から外を見て、海がどんどんうしろへ流れていくのをながめ、深呼吸をした。

「すてきな冒険ができるわ。」ルーシーは、わくわくした。

第二章

夜明けのむこう号に乗って

「やあ、ルーシー、出てきたね」と、カスピアンが言った。「きみを待っていたんだよ。こちらは、船長のドリニアン卿だ。」

黒髪の男の人が片ひざをついて、ルーシーの手にキスをした。ほかにそこにいたのは、リーピチープとエドマンドだけだった。

「ユースタスは？」ルーシーは、たずねた。

「寝てるよ」と、エドマンド。「なにもしてやれることは、なさそうだね。やさしくしてやると、かえってひどくなるんだもの。」

「そのあいだに、ぼくたちで話がしたい」と、カスピアンが言った。

「ほんと、つもる話があるよ」と、エドマンド。「まず、時間のことだけど、最後にきみと別れたのは、きみの戴冠式のすぐ前だったたね。あれからぼくらの時間では一年がたったんだ。ナルニアでは、どのくらい？」

「ちょうど三年だよ」と、カスピアン。

「すべて順調かい？」と、エドマンド。

「万事順調じゃなかったら、こうして王国を離れて海へ出たりしないさ。」王であるカスピアンは答えた。「これ以上ないくらいに順調だよ。もはやテルマール人、こびと族、口をきく獣、フォーンなどのあいだに、もめごとは一切ないしね。それに辺境にいる例のこまった巨人たちには、こないだの夏にたっぷりおしおきをしてやったから、今じゃぼくらに貢ぎ物をするようになった。そのうえ、摂政、つまりぼくが留守のあいだに政治をあずかる役として、りっぱなやつがいるからね――こびとのトランプキンさ。覚えてるかい？」

「なつかしいトランプキン」と、ルーシー。「もちろん、覚えてるわ。とってもいいひとを選んだと思うわ。」

「忠実なることアナグマのごとく、勇敢なること――ネズミのごとし」と、ドリニアンが言った。「ライオンのごとし」と言うつもりだったのだが、リーピチープがじっとこちらを見すえているのに気づいたのだ。

「それで、この船はどこへむかっているの？」エドマンドがたずねた。

「うん、」カスピアンは応えた。「それはちょっと長い話になる。ぼくが幼かったころ、叔父のミラーズが、父の友人七人を追い出したことを覚えているかな？（ぼくの味方をしそうだった）七人に、ローン諸島のむこうの、だれも知らない《東の海》を探検してこいと命じて、追っ払ったんだ。」

「ええ」と、ルーシー。「そして、だれひとり、帰ってこなかったのね。」

「そう。それで、ぼくの戴冠式の日に、アスランの賛同を得て、ナルニアに平和をきずくことができたら、ぼくは、むこう一年間、父の友人たちをさがしに航海に出ると誓ったんだ。もし亡くなっていたりしたら、そのわけを調べて、なんとかしてかたきを討ってやりたいと思ってね。七人の名前はこうだよ――レヴィリアン卿、バーン卿、アルゴズ卿、マヴラモーン卿、オクテイジアン卿、レスティマー卿、それから――ああ、この人の名前は覚えにくいんだ。」

「ループ卿です、陛下」と、ドリニアンが言った。

「ループ、ループだ。そうだった」と、カスピアン。「と、まあ、それがぼくの目的だったんだが、ここにいるリーピチープは、もっと大きな希望をもっていてね。」みんなはネズミに目をむけた。

「なりは小さくとも、野望は大きゅうございます」と、リーピチープ。「この世の東の果てまで、行ってみてはいかがでしょうか。そこになにがあるのでしょう。アスランの国があるのではないでしょうか。あの偉大なるライオンがやってくるのは、いつも海のむこう、東のほうからなのですから。」

「そいつは、たいした思いつきだ。」エドマンドは、厳粛な気持ちになって言った。

「でも、」と、ルーシー。「アスランの国って、そういうんじゃないんじゃないかしら。つまり、船で行けるような――？」

「わかりません」と、リーピチープ。「しかし、たしかなことがございます。私がまだゆりかごに入っておりましたとき、木の乙女ドリュアスがこんな歌を歌ってくれたのです。

空と海とが交わるところ、
波がおいしくなるところ、
疑うなかれ、リーピチープ、
そこに求めるすべてあり。
最果ての東あり。

どういう意味かはわかりませんが、ずっと頭から離れずにおりました。」

しばらくみんなだまっていたが、ルーシーがこうたずねた。

「それで、今、船はどこを走っているの、カスピアン？」

「それは、船長のほうがよく知っている。」

カスピアンの言葉に、ドリニアンは海図をテーブルの上にひろげ、指をさした。

「これが船の位置です。今日の正午には、ここにいました。ケア・パラベルからの追い風を受けて、少し北へ出て、ガルマ島にむかいました。あくる日に島に着いて、一週間滞在しました。ガルマ公爵が、カスピアン陛下のために盛大なトーナメント戦をもよおして、陛下は多くの騎士たちを馬から落とし――」

「ぼくも何度か落とされて、痛いめにあったよ、ドリニアン。まだ、あざが残ってる」と、カスピアンが口をはさんだ。

「多くの騎士たちを馬から落とし――」ドリニアンはくり返して、にやりと笑った。「陛下が公爵の娘御と結婚なさったら、公爵がさぞおよろこびになるのではと、みな思っておりましたが、そのようなことはなく――」

「あんまり美人さんでもなかったし」と、カスピアン。

「あら、残念」と、ルーシー。

「それからガルマ島を出発しまして、」と、ドリニアンは話をつづけた。「まる二日のあいだ、おだやかな海を進み、風が吹かないので、船を漕がなければなりませんでした。やがてまた風が出てきて、ガルマ島を出発して四日めに、ようやくテレビンシア島まで来ました。ところが、島の王が、島に病気がひろがっているため上陸しないようにと警告してきたのです。われわれは岬をまわって、町からずっと離れた小さな入り江に入り、船に新鮮な水を積みました。そこに三日間じっとして、四日めにやっと南西の風が吹いたので、七ツ島諸島へむけて出発しました。出発して三日めに海賊船におそわれたのです。（船の帆から、テレビンシア人の海賊だとわかりました。）海賊船は、われわれがしっかり武装しているとわかると、しばらくわれわれと矢を射かけあったあと、遠ざかっていきました──」

「追いかけて、乗りこんでいって、どいつもこいつもしばり首にしてやればよかったのです」と、リーピチープが口をはさんだ。

「──それから、もう五日すると、ミュイル島が見えてきました。七ツ島諸島のいちばん西の島です。そこで海峡を漕ぎ進み、日没ごろにブレン島のレッドヘイブン（赤い港）に入りました。そこでは、すてきなごちそうをいただき、食料や水を好きなだけもらえました。レッドヘイブンを出たのは六日前で、すばらしい速さで進んでいるので、あさってにはローン諸島が見えてくると思いますよ。要するに、海に出てから三十日近くたっていて、ナルニアから二千キロ以上遠いところまで来ているということです。」

「ローン諸島に着いたらどうするの？」と、ルーシー。

「だれにもわかりません、陛下」と、ドリニアン。「ローン諸島の人たちが教えてくれないかぎり。」

「ぼくらの時代では、ローン諸島の人たちはなにも知らなかったよ」と、エドマンド。

すね。」

「それでは」と、リーピチープ。「本当の冒険がはじまるのは、ローン諸島のあとで

カスピアンは、夕食前に船のなかを案内しようと言ったが、ルーシーは気になって

しかたがなかったので、こう言った。

「ユースタスのところにおみまいに行かなきゃ。船酔いは、つらいものよ。あたしの

お薬がありさえすれば、治してあげられたのに。」

「あるよ」と、カスピアン。「すっかり忘れてたけど。きみが置いていったとき、王

家の宝のひとつにすればいいなと思って、持ってきたんだ。船酔いなんかにむだづか

いしてもいいと思うなら、どうぞ。」

「一滴だけでいいのよ」と、ルーシー。

カスピアンは、ベンチの下の物入れをあけて、ルーシーにとってとてもなつかしい、

美しいダイヤモンドの小瓶を取り出して、「さあ、女王陛下、お返ししましょう」と

言った。それから、みんなは船室を出て、日なたへ出ていった。

甲板には、ふたつの長いハッチが、マストの前とうしろにあって、どちらも開いて

いた。天気のよいときには、船の内部に光と風を入れるために、あけておくものなの

だ。カスピアンは、後方のハッチのはしごをおりて、みんなを下へ案内した。下には、

漕ぎ手がすわるベンチが、はしからはしまでずらりとならんでいて、オールがさしこ

まれている穴から入りこんだ光が、天井できらきら躍っていた。もちろんカスピアンの船は、奴隷に漕がせるガレー船のようなひどいものではない。オールを使うのは、風がないときや、港に出入りするときだけで、たいていみんなが（脚の短すぎるリーピチープは別として）交代で漕ぐのだ。船の両側にあるベンチの下は、漕ぎ手が足を踏んばれるようにからっぽだったが、中央下部には、船の竜骨にまで達する空洞があって、そこはいろいろなものでいっぱいだった。小麦粉の袋、水の大樽、ビールの大樽、豚肉の樽、はちみつのつぼ、ワインの入った皮袋、りんご、ナッツ、チーズ、ビスケット、カブ、塩づけ燻製ベーコンなどだ。天井――つまり、甲板のすぐ下――からは、ハムや、ひもで結んだたまねぎがぶらさがっていた。それから、非番の船乗りたちも、ハンモックに横になって、ぶらさがっていた。カスピアンは、みんなを船尾のほうへ案内して、ベンチからベンチへわたって歩いていった。少なくとも、カスピアンは歩いていけたが、ルーシーは、ベンチからベンチへジャンプしなければならなかったし、リーピチープにとっては、かなりの跳躍となった。こうして、みんなは、つきあたりにあるドアまでやってきた。そのドアをあけると、船室があった。そこは、船尾楼よりも下にあって、もちろん、あまりりっぱな部屋ではない。天井は低いし、横の壁は下に行くにつれ、せばまっていて、床面積があまりないのだ。ぶあついガラスの窓があったが、窓の外は海のなかなので窓をあけることはできない。実際、まさにこのとき、船がたてにゆれ、窓は日光で金色にかがやいたかと思うと、海の暗い緑色のなかへしずんでいった。

「エドマンド、きみとぼくは、ここに泊まることになる」と、カスピアンが言った。「きみの親戚（しんせき）の子に寝棚を使ってもらい、ぼくらはハンモックをつろう。」

「どうか、陛下」と、ドリニアンが言いかけた。

「いや、だめだ、船長」と、カスピアン。「そのことは、もう話しあったじゃないか。きみとラインスは、」（ラインスは副船長の航海士だ。）「船を操縦して、毎晩たいへんな苦労があるんだ。ぼくらが輪唱したり、おしゃべりしたりして楽しんでいるあいだにもね。だから、上の左舷（さげん）の船室は、きみとラインスのものだ。エドマンド王とぼくは、ここでじゅうぶん居心地よくしていられるよ。だけど、その知らない子は、どうかな？」

真っ青な顔のユースタスは、しかめ面をして、嵐が少しはおさまるようすはないのかとたずねた。しかし、カスピアンは、「嵐って、なんのこと？」と言い、ドリニアンは思わず笑いだしてしまった。

「嵐だって、ぼうや！　こんなにいい天気は、めったにないくらいだよ。」ドリニアンが大声をあげると、ユースタスはいらいらと言い返した。

「なんなんだよ、こいつ？　あっちへやってくれ。大声で頭がガンガンする。」

た。

「気分がよくなるものを持ってきてあげたわ、ユースタス」と、ルーシーが声をかけた。

「うるさい、あっちへ行ってくれ。ほっといてくれ。」ユースタスはうなったが、ルーシーの瓶から、ほんの一滴だけ、薬を飲んだ。ユースタスは、嫌な味がすると言ったけれども（ルーシーが瓶をあけたとき、船室にはおいしそうなにおいがたちこめたが）、それを飲みこんでしばらくすると、ユースタスの顔色は、みるみるよくなった。気分もよくなってきたのだろう。嵐のことや頭痛のことで泣きさけぶのはやめて、船を岸につけろと言いだした。最初に着いた港で、英国領事へ、みんなに対する「訴状を提出する」と言うのだ。けれど、リーピチープが「そじょう」とはなにか、そしてどうやって「ていしゅつ」するのかと聞いたとき（リーピチープは、新式の決闘のやりかたなのかと思ったようだ）、ユースタスは説明できず、「そんなことも知らないのかよ」としか言えなかった。結局のところ、ともかく船は、いちばん近い陸地にむかって全速力で進んでおり、今さらユースタスをケンブリッジ——というのが、ユースタスが住んでいた町の名前だった——へ送り返すことなんて、月へ送り届けるのと同じくらいできないのだと納得してもらった。そのあとユースタスは、出してもらった新しい服にしぶしぶ着替えて、甲板に出ていくことを承知した。

つぎにカスピアンは、みんなを船じゅう案内した。ただ、もうだいたいのところは見てしまっていた。船首楼〔船の前方の高くなった部分〕にのぼると、見張りの人が、金のドラゴンの首の内側の小さな棚の上に立って、ドラゴンの開いた口から外をのぞいているのが見えた。船首楼のなかには、調理室があり、甲板長、船大工、料理人、弓矢隊長のそれぞれの部屋があった。船の前のほうに調理場があったりしたら、えんとつの煙がうしろに流れて船じゅうにまわってしまうのではないかと思うだろうか。そうだとしたら、それは、むかい風を受けて走る蒸気船を考えているからだ。帆船では、風はうしろからの風を受けて進むので、においが出るところはできるだけ前にあったほうがいいのだ。ルーシーたちは、マストの上のほうについている戦闘楼にあげてもらった。甲板がずうっと下のほうに小さく見えているそんな高いところにあがったものだから、最初のうち、あちこちゆれるのは、かなり危険に感じた。落ちたら、船の上ではなく、海に落ちないともかぎらない。それから、船尾に案内された。副船長のラインスが別の男の人といっしょに、大きな舵柄をにぎっていた。そのうしろには、金色に塗られたドラゴンのしっぽがにゅっと上へのびていた。しっぽのなかには、小さなベンチがある。船の名前は、《夜明けのむこう号》だった。イングランドの船とくらべたら小さなものだったし、ルーシーとエドマンドが最大の王ピーターのもとでナルニアを治めていたときの、コッグ船〔船首と船尾がまるまった小型船〕、ドロモンド船〔左右に二十五本ずつのオールがある高速帆船〕、キャラック船〔大型帆船〕、ガリオン船〔さらに大きな帆船〕とくらべても小さなものだった。というのも、カスピアン王子の先祖が統治しているあいだに、航海術はほとんどすたれてしまったからだ。王子の父から王座をうばった王子の叔父ミラーズ王が、七人の貴族たちを海へ追いやったとき、貴族たちはガルマ島で船を買って、ガルマ島の船乗りたちをやとわなければならないほどだった。しかし、今や、カスピアン王子は、ナルニア人たちにふたたび海に乗り出すように教えたのだ。夜明けのむこう号は、これまでに王子が造ったなかで最もよい船だった。とても小さかったので、マストの前にはほとんど甲板がなく、中央ハッチのすぐ近くには片側にボートがあり、反対側にはニワトリ小屋があった。（ニワトリには、ルーシーがエサをやった。）けれども、この船には独特の美しさがあり、形は文句なし、色もあざやかで、帆柱、帆げた、ロープ、くさび、どれもがすてきで、船乗りたちは「貴婦人」と呼んでいた。もちろんユースタスは文句たらたらで、「定期船や、モーターボートや、飛行機や、潜水艦はもっとすごいんだ」と、えらそうなことばかり言った。（「まるで、そういう乗り物のことなら、なんでも知ってるみたいだな」と、エドマンドはつぶやいた。）けれども、ルーシーとエドマンドは、夜明けのむこう号がたいそう気に入った。ふたりが夕食のために船尾の船室にもどってきたとき、西の空が夕焼けで、はしからはしまで真っ赤に染まっているのが見えた。船のゆれを体に感じ、潮風の塩気をくちびるに感じながら、東の最果ての見知らぬ国のことを思って、ルーシーは、しあわせすぎてなにも言えない、と思った。
ユースタスが思ったことは、ユースタス自身の言葉で語らせるのがよいだろう。というのも、あくる日の朝、乾いた服を返してもらったとき、ユースタスはすぐさま黒い小型の手帳とえんぴつを取り出して、日記を書きはじめたからだ。いつもこの手帳を肌身離さず持っていて、試験の点数を記録していた。どの教科もとくに好きというわけではないのだが、点数はとても気にしていて、「ぼくはこれだけ取ったよ。きみは何点?」なんて、人に聞いたりもしていた。しかし、夜明けのむこう号では、点数なんて取れそうもなかったから、日記をつけることにしたのだった。最初はこんなふうにはじまった。

八月七日。夢でないとすれば、このひどい船に乗って二十四時間がたつ。しょっちゅうおそろしい嵐が吹き荒れてる。(船酔いしなくてラッキー。)大波が船の頭にザブンとかかって、何度もしずみそうになる。ほかのやつらは気づかないふりをしているが、強がっているのだろう。ハロルドが言うように、ふつうの人がするいちばん臆病なことは、事実に目をつぶることだからだ。こんなひどい小船で海に出るなんて正気のさたじゃない。救命ボートよりたいして大きくない。それに、もちろん、内側はめちゃくちゃ原始的だ。ちゃんとしたサロンもなければ、無線も、おふろも、デッキチェアもない。きのうの夕方、船じゅうをあちこちひっぱりまわされたけど、カスピアンがこのばかげたおもちゃの船を、まるでクィーン・メアリ号でもあるかのように見せびらかすのには、胸くそが悪くなった。ほんとの船ってものがどんなものか教えてやろうとしたけど、やつは鈍感で、わかりゃしない。もちろん、㋓と㋸は、ぼくの肩を持ちはしなかった。㋸みたいな子どもには、危険というものがわかっていないんだ。㋓は、ほかの連中と同じで、㋕にへつらってばかりだ。㋕は、王と呼ばれてる。ぼくは共和制を支持すると言ってやったら、やつは、それはどういう意味かと聞きやがった！　王さまをもたない政治のことを、なんにも知っちゃいないんだ。言うまでもなく、ぼくはいちばんひどい船室に入れられてる。まったくの地下牢（ちかろう）だ。ルーシーは、甲板の上にある部屋をひとりじめしてる。ほかのところとくらべたら、ずっといい部屋だ。㋕は、ルーシーが女の子だからだって言ってる。そういうのは、逆に女の子をおとしめてることになるんだって、アルバータが教えてくれたことをわからせてやろうとしたけど、やつは鈍感でわかりゃしない。だけど、ぼくがあの穴ぐらにこれ以上いたら病気になっちゃうことはわかりそうなもんだ。㋓は、㋕が㋸のために部屋をゆずってぼくらと同じ部屋でがまんしてるんだから、文句を言うなという。そのせいで、ここがぎゅうぎゅうになって、居心地が悪くなってるのがわかんないのかな。あと、言い忘れてたけど、ネズミみたいなのがいて、生意気にいばりちらしている。

ほかのやつらががまんするのは勝手だけど、ぼくにそんなことしようとしたら、すぐにやつのしっぽをねじってやる。食べ物も最悪。

ユースタスとリーピチープとのあいだのもめごとは、思ったより早く起こった。あくる日のお昼ごはんの前、みんながテーブルについて待っていると（海では、ものすごくおなかがすく）、ユースタスが、手をさすりながら駈けこんできて、こうさけんだのだ。

「あの小さな獣が、ぼくを殺そうとした。あいつを取り押さえるべきだ。カスピアン、ぼくは、きみを訴えることだってできるんだ。あれを殺処分にするよう、きみに命じることだってできる。」

まさにそのとき、リーピチープが現れた。剣を抜いていて、ひげはすごく怒ったようにぴんとなっていたが、いつものように、とてもていねいだった。

「みなさまがたのお許しをいただきたい。とりわけ、女王陛下のお許しを。こいつがここに逃げこむとわかっておれば、しかるべき時機がくるまで待って、こらしめてやったのですが。」

「いったいなにがあったんだい？」と、エドマンドがたずねた。

なにがあったかと言えば、こういうことだった。リーピチープは、船がじゅうぶん速く進んでいないと感じていて、船首のドラゴンの頭の横にすわり、東の水平線のかなたをながめて、木の精ドリュアスが作ってくれた歌をそのかん高い声でそっと口ずさんでいたのだ。船がどんなにゆれても、なんにもつかまらずに、まったく楽々とバランスを取っていた。たぶん長いしっぽを手すりの内側から甲板のほうへたらしていたので、バランスを取りやすかったのだろう。リーピチープがそうするのは、船じゅうのみんなによく知られていて、船乗りたちは自分が見張りの当番のときに話し相手ができるので、ありがたいと思っていた。どうしてユースタスが（まだ船の上をじょうずに歩けないのに）、よろよろところげたりすべったりしながら、ドラゴンの頭までたどりつけたのかはわからない。陸地が見たかったのか、船内をうろついてなにか見つけようとしていたのだろうか。ともかく、長いしっぽがぶらさがっているのを目にしたとたん――たしかに、それはつかんでみたくなるものだが――しっぽをつかんでネズミを一、二度ぐるぐるっとふりまわして、それから逃げて笑ってやったらおもしろいだろうと、ユースタスは思ったのだ。最初、その思いつきは、すばらしくうまくいきそうだった。リーピチープは、大きなネコほども重くはなかった。あっという間に手すりから引きずりおろされたネズミは、小さな両手足をひろげて口をあけていて、ばかみたいだ（と、ユースタスは思った）。しかし、あいにく、これまでに何度も命をかけて戦ってきたリーピチープは、一瞬たりとも冷静さを失うことはなかった。剣の腕も、にぶってはいない。しっぽをつかまれて空中をふりまわされながら剣を抜くのは楽ではないが、リーピチープは抜いたのだ。そしてつぎの瞬間、ユースタスは手に二度、ものすごく痛い突きをくらって、しっぽを放した。すると、リーピチープはまるで甲板にはね返るボールのように、パッと立ちあがり、ユースタスの前に立ちはだかって、ユースタスのおなかの数センチ先に、焼きぐしのようにするどくておそろしい、きらめく剣をビュンビュンと振ってみせたのだ。（ナルニアのネズミには、それ以上高いところへは届かなかったから、これは腰から下をねらう反則技とはみなされなかった。）

「やめろ」と、ユースタスは早口で言った。「あっちへ行け。そんなもの、しまえよ。あぶないじゃないか。やめろってば。カスピアンに言いつけてやる。おまえに口輪をはめて、しばりあげてもらうぞ。」

「なぜ自分の剣を抜かんのだ、ひきょう者め！」ネズミは、チューチューと言った。「剣を抜いて戦え。さもないと剣の平で、あざだらけになるまでぶったたくぞ。」

「剣なんて持ってないもん。ぼくは平和主義者なんだ。戦ったりするもんか。」

「わがはいと果たし合いをせぬつもりか。」リーピチープは剣をいったん鞘におさめて、厳しい口調で言った。

「なんのことかわかんないよ。」ユースタスは、手をさすりながら言った。「ちょっとふざけただけなのに、それがわからないなら、もうおまえのことなんか、相手してやらないよ。」

「では、これをおみまいしよう――それからこれも――行儀を教えてやるためにな。これは、騎士を尊敬するように――これは、ネズミを敬うように――そのしっぽも――」リーピチープは、一言言うたびに、細身の剣の平でユースタスをピシャリとたたいた。剣は、こびとが鍛えた、うすくて硬い鋼でできており、カバノキの鞭のようによくしなって、当たるとすごく痛いのだ。ユースタスは（もちろん）体罰のない学校に通っていたので、この痛みはまったく初めての経験だった。だから、ゆれる船の上を歩くのに慣れていなかったにもかかわらず、あっという間に船首楼から飛び出して、甲板をはしからはしまで走って、船尾楼の船室のドアをあけてなかへ飛びこんだ。リーピチープは、カーッとなって、どこまでも追っていった。実のところ、ユースタスにとっては、剣もリーピチープと同じくらいカーッと熱く感じられた。ちょっとふれただけで、焼けるように熱く思えたのだ。

みんなが、果たし合い、つまり決闘のことをまじめに考えていて、カスピアンが「ユースタスに剣を貸そう」と言いだし、「ユースタスのほうがリーピチープよりもずっと大きいのだから少しハンデをつけるべきじゃないか」と、ドリニアンとエドマンドが話すのを聞いて、ようやくユースタスにも事態がのみこめてきた。そうなると、解決はすぐだった。ユースタスは、しぶしぶあやまったのだ。ユースタスは、ルーシーといっしょに出ていって、手を冷やして包帯を巻いてもらい、それから自分の寝棚へ行った。おしりもはれていたので、ユースタスは、気をつけて横むきに寝た。

第三章

ローン諸島

「陸地を発見」と、船首の見張りがさけんだ。

船尾楼でラインスと話をしていたルーシーは、はしごをパタパタとおりて、船の前のほうへ駈けていった。とちゅうでエドマンドといっしょになり、ふたりで船首楼まで行ってみると、そこにはもう、カスピアンとドリニアンとリーピチープが来ていた。肌寒い朝で、空はうす暗く、海はどんよりと黒ずんだ青色で、波頭が白い小さな泡を立てていた。右舷の少し先を見やると、ローン諸島のいちばん手前の島、フェリマス島が、海のなかの緑の低い丘のように見えている。そしてその先には、その姉妹の島であるドーン島の灰色の斜面が見えた。

「なつかしいフェリマス島！　なつかしいドーン島だわ！」ルーシーが手をたたいた。「ああ、エドマンド、ひさしぶりねえ、どれくらいぶりかしら？」

「どうしてこの諸島がナルニア国のものになったのか、いまだにわからないけど、」と、カスピアン。「最大の王ピーターがこの諸島を征服したのかい？」

「とんでもない」と、エドマンド。「ぼくらの時代よりも前から、ナルニア国のものだったんだ――白の魔女の時代にね。」

（ところで、この遠くの諸島がナルニア国のものとなったいきさつは、私も知らない。それがわかって、そのお話がおもしろいものだったら、別の本に書くかもしれない。）

「この島に泊まりますか、陛下？」と、ドリニアン。

「フェリマスに上陸してもしょうがないだろうな」と、エドマンド。「ぼくたちのころには、ほとんど人は住んでいなかったけど、今もそんな感じだしね。人はたいていドーン島に住んでいた。それとアヴラ島にも少し――三つめの島だよ。まだ見えていないけど。フェリマス島には羊しかいなかったよ。」

「じゃあ、あの岬をまわって、ドーン島に上陸しましょう」と、ドリニアン。「ということは、オールで漕がなければなりません。」

「フェリマス島に上陸しないのは、残念だわ」と、ルーシー。「また歩いてみたかったな。とってもさみしい島で――すてきなさみしさなの。あたり一面草原で、クローバーの花が咲いていて、やわらかい潮風が吹いていて。」

「ぼくも、少し脚をのばしたいな」と、カスピアン。「そうだ、こうしよう。ぼくらだけボートで上陸しよう。ボートを帰してからフェリマス島を歩いてわたり、むこう側で夜明けのむこう号にひろってもらったらどうだろう？」

もしカスピアンが、航海を終えて経験をつんだあとだったら、こんな提案はしなかったことだろう。しかし、そのときは、それはすばらしい提案のように思えた。

「ぜひそうしましょうよ」と、ルーシーが言った。

「きみも来ますか？」カスピアンは、手に包帯を巻いて甲板に出てきていたユースタスにたずねた。

「このいまいましい船から出られるなら、なんだってするさ」と、ユースタス。

「いまいましいだって？」と、ドリニアン。「どういう意味だ？」

「ぼくがいたような文明国じゃあ、船はとっても大きくて、船室にいると海に出てるってわからないくらいなんだ。」

「それなら、陸にいるのと同じだね」と、カスピアン。「ドリニアン、ボートをおろすように命じてくれるかい？」

カスピアン王とネズミとペベンシー兄妹とユースタスは、みんなボートに乗って、フェリマス島の浜辺へ行った。ボートが船へ漕ぎもどって、島に残されたみんなは、あたりを見まわした。夜明けのむこう号がとても小さく見えるのに、みんなおどろいた。

ルーシーは、泳いだとき靴をけり捨てたわけだから、今はもちろん、はだしだった。しかし、ふかふかの芝生の上を歩くのだから、はだしでもだいじょうぶだ。それに、ふたたび岸にあがって、大地と草のにおいをかぐのは、すてきだった。まだ船に乗っているかのように地面がゆれている感じが最初はしたが、長いあいだ海にいるとそうなるものだ。船にいたときよりも暖かく、ルーシーは砂浜を歩きながら、砂が足に気持ちいいなと感じた。ヒバリがさえずっている。

みんなは、島の奥へ進み、かなり急だけれども低い山をのぼった。もちろん頂上に着くと、ふり返って下を見おろした。すると、夜明けのむこう号が、大きな昆虫のようにきらきら光って、オールをたくさん出してゆっくりと這うように北西へ進んでいた。それからみんなは尾根を越えたので、船は見えなくなった。

目の前にドーン島があった。フェリマス島とのあいだに一・六キロほどの海峡があり、島のむこうの左側にはアヴラ島があった。ドーン島の小さな白い町《せまみなと》がよく見えた。

「やあ！　あれはなんだい？」ふいにエドマンドが言った。

みんなは緑の谷にむかっておりているところだったが、その谷の木かげに、武装をした、いかめしい男たちが六、七人すわっていたのだ。

「ぼくらが何者か、だまっていろよ」と、カスピアン。

「なぜでございますか、陛下」と、ルーシーの求めに応じてその肩に乗っていたリーピチープがたずねた。

「今思ったんだけど」と、カスピアン。「この島の人たちは、ナルニアの話を長いこと聞いていないはずだ。ぼくらが支配者であることを認めようとしないかもしれない。その場合、王であることを明かすのは安全とは言いがたい。」

「こちらには剣がございます、陛下」と、リーピチープ。

「そうだ、リーピ、わかっているよ」と、カスピアン。「だが、この三つの島を征服し直すことになるのなら、もっとずっと大きな軍隊を連れて出直したほうがいい。」

このころには、みんなは男たちにかなり近づいており、そのうちのひとり――黒髪の大男――が、「おはよう、みなさん」と、さけんだ。

「おはようございます」と、カスピアン。「ローン諸島の総督は、ご健在でしょうか?」

「もちろんさ」と、その男は言った。「ガンパス総督っていうんだ。せまみなとにいらっしゃる。だけど、あんたら、ここでおれたちといっしょに飲まないか。」

カスピアンはお礼を言ったが、カスピアンもほかのみんなも、この新しい知り合いのようすが気に入らなかった。みんなが腰をおろし、コップを口に運んだとたん、黒髪の男が仲間にうなずき、あっという間に、五人とも強い腕にはがいじめにされてしまった。なんとか抵抗したが、とてもかなわず、やがてみんな武器をうばわれて、うしろ手にしばられた。ただし、リーピチープだけは、つかまれても身をよじって、猛烈に嚙みついてあばれまくっていた。

「そのネズミに気をつけろ、タックス」と、リーダーが言った。「けがをさせるな。いちばん高い値がつくだろうからな。」

「ひきょう者！　きたないぞ！　剣を返せ。手を放せ。」リーピチープが、キーキー声でさけんだ。

人さらいは、ピューと口笛を吹いた。（男たちの正体は、人さらい、つまり人を誘拐する悪者だったのだ。）「口をきくのか！　ぶったまげた。こいつは二百クレセンツよりも高く売れるぜ。」このあたりで用いられているカロールメン国のクレセント硬貨というのは、イングランドの一ポンドの三分の一ほどの値だった。

「そういうことか」と、カスピアン。「人を誘拐して、奴隷として売り払うんだな。ごたいそうな商売をしているじゃないか。」

「おい、おい、おい、おい」と、人さらい。「むだ口たたいてんじゃねえよ。ちょっとおとなしくしてりゃ、みんなまるくおさまるってもんだ、え？　こっちだって、やりたくてやってんじゃねえ。生きていかなきゃならねえのは、だれもおんなじこった。」

「どこに連れていこうというの？」ルーシーが、がんばってたずねた。

「せまみなとさ」と、人さらい。「明日、市が立つんでね。」

「そこに英国領事館はあるのか？」と、ユースタスがたずねた。

「なにがあるかって？」と、男。

しかし、ユースタスが説明しようとがんばって口がつかれてくる前に、人さらいはこう言っただけだった。

「ふん、もうおしゃべりはたくさんだ。このネズミはたいしたもんだが、このぼうずはべらべらくっちゃべってきりがない。さあ、行くぜ。」

それから、つかまった人間四人は、ぎゅうぎゅうしめつけられたわけではないが、しっかりとロープでつながれ、岸へむかって歩かされた。リーピチープは、だきかかえられた。口輪をかけるぞとおどされたので嚙むのはやめたが、言いたいことはどっさりあった。リーピチープが人さらいに言ったことは、どんな人でもがまんできないくらいひどいとルーシーは思ったが、人さらいは文句を言うどころか、リーピチープが息をついてだまるたびに「もっと話せ」と言うばかりで、ときには「芝居みたいにおもしれえ」とか、「ちくしょうめ、こいつ、自分の言ってることがわかってるんじゃねえか！」とか、「こいつを仕こんだのは、おまえらのうちのだれかか？」などとさえ言うのだった。それでリーピチープはすっかり頭にきてしまい、最後には、一度に言いたいことがあれやこれやとひしめいて息がつまって、だまってしまった。

ドーン島が見える岸に着くと、小さな村があった。砂浜に大型ボートがあり、その少し先に、みすぼらしい、きたない船があった。

「さあ、ぼうずども」と、人さらいが言った。「おとなしくしてりゃ、痛い目にあわしゃしねえ。みんな船に乗るんだ。」

そのとき、村の一軒の家（宿屋だろう）から、ひげを生やしたりっぱな男が出てきて、言った。

「よう、パグ。また、商品を仕入れてきたか？」

パグと呼ばれた人さらいは、深々とおじぎをして、取り入るような声で言った。

「ええ、さようでがす、だんな。」

「そのぼうずは、いくらで売る？」男は、カスピアンを指しながら言った。

「ああ」と、パグが応（こた）えた。「いちばんいい子に目をおつけになると思っておりやした。二流品でだんなの目はごまかせません。あの子は、実は、あっしも気に入ってましてね。まあ、ほれちまったわけです。この仕事をしてから、こんなやさしい気持ちになったことはありません。だが、だんなのようなお得意さまには——」

「値段を言えと言ってるんだ、このくさった肉野郎。」男は厳しく言った。「きさまのけがらわしい商売の話を長々と聞かせる気か。」

「だんなのようなりっぱなお客には、三百クレセンツで手を打ちますが、これがよそさまだったら——」

「百五十、払おう。」

「ああ、どうか、どうか」と、ルーシーが口をはさんだ。「なにをするにしても、あたしたちを引きはなさないでください。あなたがたは知らないのです——」けれども、こんなことになってもカスピアンは正体を明かしたくないのだと気がついて、ルーシーは口を閉ざした。

「百五十で決まりだ」と、男が言った。「おじょうさん、残念ながら、全員は買えんのだ。パグ、おれが買った子のロープをはずせ。それから、いいか——ほかの子たちを、おまえの手のうちにあるあいだは、ていねいにあつかえ。さもないと、後悔することになるぞ。」

「おやまあ！」と、パグ。「あっしほど商品をきちんとあつかう紳士が、この商売をしている者におりましょうか。え？　なんのなんの、わが子のように大切にしますよ。」

「いけしゃあしゃあと」と、男はけわしい顔で言った。

恐れていたときが、やってきた。カスピアンはロープをはずされ、新しい主人が「こっちへおいで、ぼうや」と言ったのだ。ルーシーは、どっと泣きだし、エドマンドは真っ青になった。しかし、カスピアンは肩越しにふり返って言った。「元気をだせ。最後にはきっとうまくいくよ。じゃあね。」

「さて、おじょうさん」と、パグが言った。「大泣きして、お顔をだいなしにされちゃ、明日の市で売れなくなっちまうよ。いい子にしてりゃ、泣くことなんか、なんもありゃしない。そうだろ？」

それから、みんなはボートで人さらいの船へ運ばれ、甲板の下の、細長くてうす暗い、きたならしい部屋へ入れられた。そこには、ほかにもかわいそうな囚人がたくさんいた。というのも、パグは、もちろん海賊で、できるだけたくさんの子どもをさらって、ちょうど島めぐりをおえてきたところだったのだ。囚人のなかに知った顔はなかった。ほとんどがガルマ島とテレビンシア島から連れてこられた子たちだった。ルーシーたちは、わらをしいた船底にすわって、カスピアンはどうなってしまうのだろうと思いながら、ユースタスが自分以外のみんなのせいだと、べらべらしゃべりつづけるのをやめさせようとした。

いっぽう、カスピアンは、もっとずっとおもしろい体験をしていた。カスピアンを買った男は、村の家と家のあいだの路地をぬけ、村の裏手のひらけた場所に出ると、ふり返って、カスピアンとむかいあった。

「心配はいらない。大切にしてやる。おまえの顔が気に入って買ったんだ。ある人に似ていたんでね。」

「だれでしょうか」と、カスピアン。

「わが主人、ナルニア国のカスピアン王だ。」

そこで、カスピアンは、一か八かの賭けに出てみることにした。

「私があなたの主人だ。私は、ナルニアの王カスピアンだ。」

「大きく出たな。それが真実だと、どうしてわかる?」

「まず、この顔だ」と、カスピアン。「つぎに、あなたの正体を六回で当ててみせる。あなたは、わが叔父ミラーズが海へ送り出した七人のナルニア貴族のひとりであり、私はあなたをさがしにやってきたのだ。アルゴズ、バーン、オクテイジアン、レスティマー、マヴラモーン、あるいは——ほかは忘れてしまったが。そして最後に、もしあなたが私に剣を与えるなら、私はだれを相手にしようと、正々堂々たる決闘にて、私がケア・パラベルの領主、ローン諸島の皇帝にしてナルニアの正統な王カスピアンの息子のカスピアンであることを証明してみせよう。」

「なんたること」と、男はさけんだ。「これぞまさしくお父ぎみの声にして、話しかただ。陛下——国王陛下——」そして、そのまま地面にひざまずくと、王の手に口づけをした。

「この身を救うためにそなたが払った金は、わが国庫から返すことにしよう」と、カスピアン。

「金はまだパグのふところに入っておりません、陛下」と、バーン卿は言った。そう、この男はバーン卿だったのだ。「そして、決して入ることはありますまい。私はこれまでに百回も、人身売買などというひどい商売をやめさせるべきだと総督に訴えてまいりました。」

「バーン卿」と、カスピアン。「この諸島について話す必要がありそうだが、まず閣下の身の上話を聞かせてくれないか。」

「短いものでございます、陛下。六人の仲間とここまでやってきて、島の女性を好きになりまして、海の生活はもういいと思ったのです。それに、陛下の叔父上が統治しているあいだは、ナルニアに帰ってもしかたありませんでした。それで、結婚して、それ以来ずっとここで暮らしているのです。」

「で、その総督のガンパスというのは、どんな人かな？　まだナルニア王を主君として認めているのだろうか？」

「言葉のうえでは、そうです。すべて王の御名によってなされております。しかし、正真正銘のナルニア王が現れるのは、よろこびますまい。もし陛下が武装せずに総督の前に現れたら――まあ、忠誠を誓わないことはないでしょうが、陛下が本物だと信じないふりをするでしょう。陛下のお命があぶなくなります。お味方はどれほどお連れになっているのでしょうか。」

「味方の船が岬をまわってくるところだ」と、カスピアン。「戦いとなれば、三十人ほど剣を使える者はいる。船をまわして、パグを攻撃し、とらわれている味方を解放しようか。」

「およしなさいませ」と、バーン卿。「戦闘になったとたんに、せまみなとからパグを助けに二、三隻の船が出されるでしょう。陛下は、実際よりも強力な武力をお持ちであるふりをなさらなければなりません。そして、王の名のご威光を使って恐れさせるのです。本当に戦ってはなりません。ガンパスは臆病者ですから、おどしがききます。」

もう少し会話をしたあと、カスピアンとバーン卿は、村より少し西にある海岸を歩き、そこで、カスピアンは角笛を吹いた。（スーザン女王の、ナルニアの魔法の角笛ではない。そちらは摂政であるトランプキンに、王の留守中にナルニアになにかあったら使うようにと、残してきたのだった。）合図がないかと見張っていたドリニアンが、すぐに王の角笛に気づいて、夜明けのむこう号を岸に寄せた。それからふたたびボートがおろされ、数分後、カスピアンとバーン卿は、甲板の上でドリニアンに状況を説明していた。ドリニアンも、カスピアンと同様、すぐに夜明けのむこう号を奴隷船に横づけして乗りこもうと言ったが、バーン卿がさっきと同じく反対してこう言った。

「この海峡をまっすぐ進んでください、船長。そして、私の領地があるアヴラ島のほうへまわってください。だが、まず王の旗をかかげ、盾をずらりと船べりにならべ、できるだけ大勢をマストの戦闘楼にのぼらせるのです。そして、矢の届く距離の五倍ほど進んで左舷に海がひらけたところで、二、三回合図を出してください。」

「合図？　誰にですか？」と、ドリニアン。

「いやなに、実際はいない味方の艦隊に対してです。しかし、ガンパスは、そうした艦隊がいると思うことでしょう。」

「ああ、なるほど」と、ドリニアンは両手をもみながら言った。「で、やつらは、われらの合図を読むわけだ。どんな合図にしましょう？『全艦隊、アヴラ島の南を旋回し、落ちあう場所は――』？」

「バーンの領地」と、バーン卿は言った。「それでうまくいくでしょう。全艦隊が実際にいたとしても、せまみなとからは見えませんから。」

カスピアンは、パグの奴隷船につかまって苦しんでいるみんなに対して申しわけなく思ったが、かなりわくわくしていた。その日の午後おそくになって（というのも、オールで漕いで進まなければならなかったので）、船はドーン島の北東のはずれを右へ針路を取り、それからアヴラ島の岬を左にまわって島の南岸にあるりっぱな港に入っていった。そこには、バーン卿の美しい領地が水際までなだらかにひろがっていた。領民たちの多くは畑仕事をしていたが、みんな自由民であり、しあわせで豊かな暮らしをしていた。一行は上陸して、柱の立ちならぶ軒の低い家で、入り江を見晴らしながら、王さまにふさわしいごちそうをいただいた。バーン卿とその優雅な妻と陽気な娘たちは、お客を大いに楽しませてくれた。しかし、暗くなると、バーン卿は使者をボートでドーン島へ送り、翌日のためのある準備を命じた。（具体的になんの準備かは、明示されなかった。）

第四章

カスピアンは行動に出る

あくる日の朝早く、バーン卿は客たちのところへやってきた。そして、朝食後、カスピアンに、部下全員を完全武装させるように言った。
「とりわけ、なにもかもきちんと手入れをして、ぴかぴかにするように言ってください。世界じゅうの人が見守るなかで、王さま同士の戦いの火ぶたが切られるかのように。」この指示どおりに準備が整った。それから、カスピアンとその仲間、バーン卿とその部下数人が、せまみなとを目指してボート三艘で出発した。王の旗が船尾にはためき、ラッパ吹きがカスピアン王のそばにつきしたがっていた。
　せまみなとの桟橋に着くと、カスピアンは大勢の人々が出迎えに集まっているのに気づいた。
「ゆうべ私が伝言をしたのは、このことだったのです」と、バーン卿。「ここにいるのは私の味方で、正直な人たちです。」群衆は、カスピアンが上陸したとたん、「ナルニア！　ナルニア！　国王陛下万歳！」と歓声をあげた。そのとき——これもまたバーン卿の伝言のせいだったが――町のあちこちでいっせいに鐘が鳴りだした。カスピアンは、王の旗を高々とかかげさせ、ラッパを吹かせて前進した。部下の兵士たち全員が剣を抜いて晴れやかに、厳しい顔つきで通りを行進したので、通りはゆれ、兜は(晴れた朝だったので)かがやき、じっと見ていられないほどのまばゆさだった。

最初、歓声をあげていたのは、バーン卿の使者から前もって知らせを受けて、なにが起こっているかわかっている味方の人たちだけだった。しかし、そのうちに、行列をあまり見たことのない小さな子どもたちも、おもしろがって集まってきた。つぎに小学生がやってきた。小学生たちも行列が好きなうえに、さわぎになればなるほど、今朝は学校がなくなるのではないかと思ったのだ。それから、おばあさんたちが、ドアや窓から顔を出して、おしゃべりをしたり、万歳をしたりした。なにしろ、国王がいらしたのだ。国王にくらべれば、総督がなんだというのだろう。若い娘さんたちもそう思っただけでなく、カスピアンやドリニアンをはじめ、兵士たちがかっこよかったので、集まってきた。それから、若い男たちが、娘たちが見ているのはなんだろうと思ってやってきたので、カスピアンが城門に着くころには、町じゅうの人たちがさけんでいた。そして、城内でガンパス総督が勘定書きやら申込書やら規則やら条例やらについてめんどうな仕事をしているところへも、城外のさわぎが聞こえてきた。

城門でカスピアンのラッパ吹きが、ラッパを吹き鳴らしてさけんだ。

「ナルニア王のために開門せよ。陛下は、信頼し愛する家来であるローン諸島総督をご訪問にまいられた。」

このころ、島では、なにもかもだらしなく、だらけていた。城門の小さなくぐり戸が開いただけで、兜ではなく古くてきたない帽子をかぶった、髪のくしゃくしゃな男が、さびついた古い槍を手にして出てきた。そして、目の前にかがやかしい人たちがいるのを見て、目をぱちくりさせた。男は、「そーとくには――あえ――まへん」と、ぼそぼそ言った。（「総督には会えない」の意味だ。）男は、「毎月第二土曜日の午後九時から十時以外は、約束ない面会、できまへん」と言った。

「ナルニア国王陛下の前では、帽子を取れ、この犬め。」バーン卿が、かみなりを落とした。そして、こてをつけた手で男の横面をばしんと張ったので、男の帽子は、はねとばされてしまった。

「へ？　なんのこったか？」門番は、もぐもぐ言ったが、だれも気にとめなかった。カスピアンの部下ふたりがくぐり戸から入って、門の横木やかけ金をしばらくがちゃがちゃさせてから（なにもかもさびていたのだ）、門の大きな扉を左右に大きくあけた。そこで、王と兵士たちは、なかへ入った。そこには、総督の番兵たちがたむろしていて、さらに何人かが（たいていは口をぬぐいながら）あちこちのドアから飛び出してきた。兵隊たちの鎧は、ひどい状態ではあったが、この連中は、もし命じられていれば、あるいはなにが起こっているのかわかっていれば、おそいかかってきたかもしれない。だから、あぶない瞬間だった。カスピアンは、相手に考えるすきを与えずにたずねた。

「隊長は、どこにいる？」

「まあ、言ってみれば、おれが隊長ってことになるかな。」まったく鎧をつけていない、かなりしゃれこんだ若者が、めんどうくさそうに言った。

「わが領土であるローン諸島を訪れるに際し、」と、カスピアンは言った。「わが臣民には恐怖ではなくよろこびを感じてほしいというのが、王である私の意向である。そのことがなければ、おまえの部下の鎧と武器の状態について苦言を申し伝えるところであった。だが、今は、大目に見るとしよう。ワインを一樽あけさせて、おまえの部下たちに、わが健康を祈って祝杯をあげさせよ。しかし、明日の正午には全員、ごろつきではなく、兵士らしい姿をしてこの中庭に集まるように。そむけば、わがいちじるしい不快を招くものと心得よ。」

隊長は息を呑んだが、バーン卿がすぐさま「国王陛下万歳！」と、さけんだ。すると、ほかのことはわからなくとも、ワインを一樽飲めると知った兵隊たちが、万歳とさけんだ。そこでカスピアンは、部下たちを中庭にとどめ、バーン卿とドリニアンとそのほか四人を連れて、大広間に入っていった。

大広間のずっと奥にあるテーブルのむこうに、秘書たちにかこまれてすわっていたのが、ローン諸島の総督ガンパスだった。気むずかしそうな男で、もともとは赤毛だった髪が今ではほとんど白髪になっていた。知らない連中が入ってくると、ガンパスはちらりと目をあげて、機械的にこう言いながら書類に目をやった。

「予約のない面会は、第二土曜日の午後九時から十時まで。」

カスピアンはバーン卿にうなずき、わきへどいた。バーン卿とドリニアンは、前へ一歩出て、それぞれテーブルのはしをつかんだ。ふたりはテーブルを持ちあげ、大広間のかたすみに投げたので、テーブルはころがり、手紙や、書類や、インクつぼや、ペンや、封をするためのロウなどが雨のようにまきちらされた。それからふたりは、乱暴にではなく、自分たちの手が鋼鉄のペンチであるかのようにしっかりとガンパスをつまみあげ、椅子から一メートルほど先のところに、こちらにむかって立たせた。すかさずカスピアンが、その椅子にすわり、抜き身の剣をひざの上に置いた。

「総督」と、カスピアンは、ガンパスを見すえながら言った。「こちらが期待した歓待をしてくれないのだね。私は、ナルニアの王だぞ。」

「そんなことは、聞いておりません」と、総督。「議事録にもないし、そんな話は知らされていません。不測の事態です。対応を検討させていただきたく――」

「総督の仕事ぶりを調べにまいったのだ」と、カスピアンはつづけた。「とくに二点について、説明を求めたい。まず、この諸島からナルニア王に対しての貢ぎ物が、この百五十年とどこおっておるが。」

「それは、来月の会議で議題として提案いたしましょう」と、ガンパス。「もし来年の第一回の委員会でこの諸島の財政記録についての報告をすべく調査委員会を設立する動議がなされたら、そのときに――」

「わが国の法律には、こう明記してある」と、カスピアンはつづけた。「貢ぎ物がなされない場合は、ローン諸島総督が私財を投じてその穴をうめなければならない、と。」

これを聞くと、ガンパスは本気になりはじめ、こう言った。「ああ、それはとんでもない。それは経済的に不可能だ。あのう――陛下は、ご冗談をおっしゃっているのでしょう。」

こう言いながらも、ガンパスは、このやっかいな客から逃れる方法はないものかと心のなかで考えていた。もしカスピアンに船が一隻しかなくて、船一隻分の味方しかいないとわかっていたら、今はうまいことを言ってごまかし、夜のうちにみんなをつかまえて殺してしまおうと考えたことだろう。しかし、ガンパスは、きのう海峡を通った一隻の軍艦が、おそらくはその仲間の艦隊に合図をするのを見ていた。そのときは、それが王の軍艦だとはわかっていなかった。風がなかったために、黄金のライオンが描かれた旗がひらめいていなかったのだ。そこで、もう少しようすを見ることにしていたのだった。今となっては、カスピアンは全艦隊をバーン卿の領地に停泊させているのだろうと、ガンパスは思った。まさか、五十人に満たない人数でせまみなとに押し入って、この諸島を制圧しようとしているなどとは思いもよらなかった。そんなむちゃなことができるとは、ガンパス自身には、想像もつかなかったのだ。

「第二に」と、カスピアンは言った。「なぜ、あのいまわしき非情なる奴隷取り引きをここで許しているのか教えてもらいたい。古き慣習に反し、わが王国のやりかたにそぐわぬものだ。」

「必要で、しかたのないことでして」と、総督は言った。「この諸島の経済発展には欠かせないのです。現在の大きな繁栄は、それに拠っているのです。」

「なぜ、奴隷が必要なのだ？」

「輸出するのです、陛下。主にカロールメンに売り飛ばしますが、ほかにも買い手があります。この諸島がこの商売の中心地となっております。」

「言いかえれば、この諸島に、奴隷が必要なわけではないということだな。パグのような者のふところに金を入れる以外に、どんな目的があるか、言ってみたまえ。」

「陛下はお若くていらっしゃいますから」と、父親のようなほほ笑みを浮かべたつもりで、ガンパスは言った。「経済的な問題はおわかりにならないでしょう。統計学上、表にしてもわかることですが――」

「若いかもしれないが、奴隷取り引きの内情は、きみと同じように、わかっているつもりだ。そして、それはこの島になんの利益ももたらさない。肉も、パンも、ビールも、ワインも、材木も、キャベツも、本も、楽器も、馬も、鎧も、価値のあるものは、なにももたらさない。だが、もたらすかどうかは別として、ただちにやめなければならない。」

「しかし、それでは、時計をもとにもどすことになります」と、総督はあえいだ。

「進歩や発展ということをお考えにならないのですか？」

「それは卵に起こることだ」と、カスピアン。「ナルニアでは、『くさる』と言う。奴隷取り引きは、やめさせなければならない。」

「そのようなことに責任は取れません」と、ガンパス。

「よろしい、おまえを解任しよう。バーン卿、ここへ来たまえ。」そしてガンパスが事態を理解するより早く、バーン卿はひざまずき、その両手を王の両手につつまれて、ナルニアの古のならわし、権利、方法、掟にしたがってローン諸島を統治するという誓いをたてた。

「総督はもうたくさんだな。バーン卿は公爵としよう。ローン諸島公爵だ。」カスピアンはそれから、ガンパスにむきなおって言った。

「そして閣下は、貢ぎ物の貸しについては、免除してやる。しかし、明日の正午前に、おまえと、おまえの一族郎党はこの城から立ち退かねばならない。この城は、公爵のものだからな。」

「よろしいですか、おふざけもけっこうですが」と、ガンパスの秘書のひとりが言った。「お芝居はよして、私たちに仕事をさせてください。実際のところ、問題はですね——」

「問題は」と、公爵となったバーン卿がさえぎった。「おまえたちクズどもが、鞭をくらって出ていくか、くらわずに出ていくかということだ。どちらか選ぶがよい。」

このことにうまくかたがつくと、カスピアンは馬の用意を命じた。ひどい手入れのなされようだったが、何頭かは馬がこの城にもいたのだ。カスピアンは、バーン公爵とドリニアンとあと数名とで、町まで馬を走らせ、奴隷市場を目指した。それは、港近くの、天井の低い長い建物でおこなわれており、ふつうのせり市と同じだった。つまり、たくさんの人がつめかけていて、高い台の上にパグがいて、そうぞうしい声で怒鳴っていた。

「さあ、お立ち会い。二十三番だ。テレビンシア島の農民で、炭鉱やガレー船でも使えるぜ。年は二十五歳にならない。歯も健康だ。元気で、筋骨たくましいぜ。そいつのシャツを脱がせろ、タックス、みんなに見せるんだ。ほら、この筋肉を見てくれ！この胸を見ろってんだ。すみの紳士から十クレセンツの声。冗談はごかんべんを。十五！　十八！　二十三番に、十八クレセンツ。十八より上はないか？　二十一クレセンツ。ありがとうございます。二十一クレセンツの声が――」

ところが、パグの声がとまった。鎖帷子を着た連中がガチャガチャと音をたてて、台の上にあがってくるのを見て、口をあんぐりとあけたのだ。

「皆の者、ナルニア王にひざまずけ」と、バーン公爵が大声をあげた。外で馬が馬具の音をたてて足踏みをしているのが聞こえたし、王が上陸したといううわさや、城のできごとの話を耳にした者も多かったので、たいていは、言うとおりにひざまずいた。そうしない者は、ひざをつくように、そばにいる者たちに引っぱられた。万歳とさけぶ者もいた。

「おまえの命はないと思え、パグ。きのう、王であるこの身を奴隷とした罪だ」と、カスピアン。「だが、知らなかったゆえに、許してやることにしよう。奴隷取り引きは、わが領土において、十五分前に禁じられた。この市場にいる奴隷は、すべて自由の身である。」

カスピアンは、片手をあげて、奴隷たちの歓声をとどめて、こうたずねた。

「わが友たちは、どこだ？」

「かわいいおじょうちゃんと、おぼっちゃんですか」と、パグは、とりいるような笑顔をつくった。「それなら、すぐに売れちまいまして――」

「ここよ、ここだよ、カスピアン。」ルーシーとエドマンドが声をあわせてさけんだ。別のすみからリーピチープが声をあげた。

「いつも陛下のために、ひかえております。」三人とも売られたのだが、買った男たちがほかの奴隷もせり落とそうとしてその場に残っていたため、まだ連れさられてはいなかったのだ。群衆が左右に分かれて、三人に道をあけ、三人とカスピアンは、手をにぎったり、だきあったりして、大いによろこんだ。カロールメンのふたりの商人がすぐに近づいてきた。カロールメンの男たちは、みんな浅黒い顔をして、長いひげを生やしている。ひろがるローブをまとい、オレンジ色のターバンをつけ、かしこく裕福で、礼儀正しいけれども残酷な、由緒ある人たちだった。ふたりは、とても丁重にカスピアンにおじぎをして、長々しいおせじを述べ、繁栄の源は思慮分別と徳の庭に水をひくことであるといったようなことを話したが、もちろん、自分たちが払ったお金を取り返したかったのだ。

「今日奴隷に金を払った者が、その金を返してもらうというのは、当然だ。パグ、おまえが受けとったものを、一ミニムにいたるまですべて出せ。」（一ミニムは、一クレセントの四十分の一。）

「陛下は、あっしを無一文になさるおつもりですか。」パグが泣きごとを言った。

「おまえは、これまで人を泣かせて生きてきたのだ」と、カスピアン。「おまえが無一文になっても、奴隷よりはましだ。だが、私のもうひとりの友はどこだ？」

「ああ、あいつですか？」と、パグ。「どうぞ、連れてってください。やっかいばらいできてちょうどいいや。あんなひでえのは初めてだ。最後には五クレセンツまでさげたって、だれも買いやしねえ。ほかの奴隷のおまけに、ただでつけたって、みんな、いらねえときやがった。だれも手を出しゃしねえ。見たくもねえんだ。タックス、あのふくれんぼを連れてこい。」

こうしてユースタスが引っぱり出されてきたが、たしかにふくれんぼに見えた。だれだって奴隷として売られるのは嫌だけれども、だれにもほしがられないというのも、かなりしゃくにさわるものだ。ユースタスは、カスピアンのところへ来て、嫌みを言った。

「なるほど。あいかわらずだね。ぼくらがつかまっているあいだに、自分だけはどっかで楽しんでたんだ。英国領事のことだって、調べちゃいないんだろ。あたりまえだよな。」

その夜は、せまみなとの城では盛大な祝宴があり、それから、リーピチープが寝に行くときに、「明日こそは、まことの冒険がはじまりますよう！」と、みんなにおじぎをして言った。ところが、あくる日になっても、そのつぎの日になっても、なにもはじまらなかった。というのも、これまでに知られている陸地や海をあとにしてまったく知らない世界へ進もうというのだから、そのために万全の準備をしなければならなかったからだ。夜明けのむこう号の積み荷はすっかりおろされ、船はころの上に載せて八頭の馬に引かせて陸あげされ、すみずみまで腕のいい船大工たちに手を入れてもらった。それからまた海へもどされ、積めるかぎりの食料と水が積まれた。すなわち、二十八日分である。それにしたって、東へ二週間旅をしたら、そこで探検をあきらめなければならないのだから、エドマンドはがっかりしてしまった。

こうした準備がなされているあいだに、カスピアンは一刻もむだにせず、東の先にどんな国があるかなにか知らないか、うわさでも聞いていないかと、せまみなとで見つかったすべての老練な船長たちに質問してまわった。澄んだ青い目をして、短い白ひげを生やして日焼けした男たちに城のエール酒をいくらでもすすめて、そのお返しにたくさん聞かせてもらったのは、ほら話ばかりだった。いちばん信頼できそうな連中でも、ローン諸島より先に陸はないと言い、あまり東に行きすぎると、この世の果てで永遠にうずまく、陸地のない海のうねりに巻きこまれてしまい、「そいつがまさに、陛下のお味方が海の底へしずんだ場所と思われます」と言うのだった。ほかの連中は、首のない人の住む島だの、浮かぶ島だの、水上竜巻だの、海上で燃える火だの、まゆつばものの話ばかりした。ただひとり、「その先はアスランの国だ。だが、それはこの世の果てのむこうで、行くことはできない」と言う者がいて、リーピチープはよろこんだ。ただ、その男に問いただすと、それは自分の父親から聞いた話だとしか言えなかった。

バーン公爵も、六人の仲間が東へ出航するのを見たきり、なんの音さたもないとしか言えなかった。公爵がそう言ったのは、アヴラ島のいちばん高いところから、カスピアンといっしょに東の海をながめているときだった。

「朝がた、よくここまでのぼるのです。そして、海から日がのぼるのを見るんですよ。つい数キロ先に太陽がのぼっているように思えるときがありましてね。仲間のことを思い、あの水平線のむこうになにがあるんだろうと考えるんです。たぶんなにもないのでしょうが、私ひとり残ったのがはずかしく思われましてね。ですが、どうか陛下はお出でにならないでください。ここでは陛下のご助力が必要です。奴隷取り引きをやめさせたことで、新しい世界ができるでしょう。カロールメンとの戦争も考えられます。陛下、どうか考え直してください。」

「私は誓ったのだよ、公爵」と、カスピアンは言った。「それに、リーピチープに、どんな言い訳ができるというのだ？」

第五章

嵐とそこから現れたもの

夜明けのむこう号が曳舟に曳かれて、せまみなとの港から出航したのは、上陸してから三週間近くたったころだった。とてもおごそかな別れの挨拶がかわされ、船の出航を見守ろうと、たいへんな人だかりができていた。カスピアンがローン諸島の人々に最後の演説をして、バーン公爵一家との別れをおしむあいだ、歓声があがり、涙を流す人もいた。しかし、船がそのむらさきの帆をパタパタとはためかせながらどんどん遠ざかり、船尾楼で鳴るカスピアンのラッパの音が海上でかすかになっていくと、見送っていた人々は静かになった。やがて船は風に乗った。帆がふくらみ、船を曳いていた曳舟が離れて漕ぎもどっていくと、最初の本格的な波が夜明けのむこう号の舳先にぶつかり、船は生気をとりもどした。非番の船乗りたちは甲板の下の船室へ降り、ドリニアン船長が船尾楼で最初の見張りにつき、船はアヴラ島の南をまわって東へ針路を取った。

それから数日は快適だった。ルーシーは、毎朝目ざめると、船室の天井に海面の日光がきらきら反射して躍っているのを見、ローン諸島で手に入れたいろいろなすてきなもの――船乗りの長靴、編みあげ靴、マント、革の胴着、スカーフ――を見まわすたびに、自分は世界一しあわせな女の子だと思った。そのあと甲板に出て、船首楼から、毎朝どんどん明るい青になっていく海をながめて、日々少しずつ暖かくなっていく空気を吸いこんだ。そうしてからいただく朝食のおいしさといったら、海の上でなければ味わえないものだった。

ルーシーは、船尾の小さなベンチで、リーピチープとチェスをして長い時間をすごすこともあった。ネズミには大きすぎる駒をリーピチープが持ちあげるようすは、見ていておもしろいものだった。前足二本で駒をつかみ、チェス盤のまんなか近くに動かすときは、爪先立ちになるのだ。リーピチープはとてもチェスがじょうずで、これがチェスだとわかっているときは、たいてい勝った。けれど、敵がクィーン〔女王〕とルーク〔城〕両取りの手を指すと、そこへナイト〔騎士〕を送りこむといったようなばかなことをすることがあったので、時折ルーシーが勝った。そんなことになるのは、リーピチープがチェスのゲームだということを一瞬忘れて本当の戦いのように思ってしまい、自分ならこう戦うという動きをナイトにさせてしまうからだった。リーピチープの頭はいつだって、決死の行動、命がけの名誉の突撃、最後の死守といったことでいっぱいなのだ。

しかし、そうした楽しいときはつづかなかった。ルーシーが船尾から、船のうしろに刻まれる長いあと——澪をぼんやりながめていると、西の空にものすごい速さで、もくもくと雲がたちのぼっているのが目にとまった。やがて、雲に裂け目ができて、そこから夕日の黄色い光がさしこんだ。船のうしろの波は、異様な形をして、海はきたないキャンバス絵みたいにくすんだ茶色か黄ばんだ色になった。空気が冷たくなっていた。船は、背後に危険を感じているかのように、おちつかなく動いている。帆は、へたっとたれたかと思うと、パンとふくらんだ。ルーシーがこうしたことに気づいて、すさまじい風の音のなか、なんだかこわいわと思っていると、ドリニアンが「全員、甲板へ！」とさけんだ。たちまちあわただしくなった。ハッチは閉めて補強され、調理場の火は消され、帆をたたむために何人かがマストにのぼった。その作業がおわらないうちに、嵐がやってきた。ルーシーには、船首の前で海が大きな谷のようにひらいたように思えた。船はそこへ落ち、信じられないほど深くまで落ちこんだ。マストよりもずっと高い巨大な灰色の水の山が、おそいかかってきた。もうだめだと思われたが、船は水の山のてっぺんへ押しあげられ、それからぐるぐるとまわったようだ。滝のような水が甲板に降り注いだ。船尾楼と船首楼だけが荒波に浮かぶ孤島のようだった。マストの上の船員たちは、なんとかして帆を押さえようとして、帆げたに横になってがんばった。ちぎれたロープが、強風のなか、まるで火ばしのようにピンと横になびいた。

「下に降りていてください、女王陛下」と、ドリニアンが怒鳴った。ルーシーは、船乗りでない者は男も女も足手まといだとわかって、言うとおりにしようとした。それは容易なことではなかった。夜明けのむこう号はひどく右舷にかたむいており、甲板は家の屋根のような斜面になっていた。ルーシーは、這うようにしてハッチまでたどりつき、はしごの横棒にしがみつき、それから、ふたりの船乗りがあがってくるのを待ってから、できるかぎり気をつけて降りていった。はしごの下に着いたところで、別の波が甲板をおそい、ルーシーは肩まで水につかったが、はしごをしっかりにぎっていたので助かった。すでにしぶきや雨でずぶぬれになっていたが、かなり寒い思いをした。そこで、自分の船室のドアへ走って、なかへ入り、船がものすごい勢いで暗闇に突入してゆくおそろしい光景をしばらく閉め出したが、もちろん、キーキー、ゴーゴー、パシンパシン、カタカタ、ゴオー、ブーンといったこわい音は閉め出せなかった。音は船のなかで聞いたほうが、船尾楼にいたときよりもずっとおそろしく聞こえた。

あくる日も、そのあくる日も、嵐はつづいた。そして、嵐がはじまる前のことなど、みんな忘れてしまったころになって、ようやくやんだのだ。嵐のあいだじゅう、舵柄はいつも三人がかりで押さえていなければならず、三人でがんばっても船がどこへ進むかわからなかった。水をくみ出すポンプにも、いつも何人かついていなければならなかった。だれも休むことはできず、なにか料理をしたり、なにか乾かしたりするひまもなく、船から流された人がひとりいて、太陽をおがむことはなかった。

嵐がおさまったとき、ユースタスは、日記につぎのように記した。


九月三日。ものすごくひさしぶりに書くことができる。

十三日間、ハリケーンに追いまくられた。ぼくはちゃんと数えていたので、それがわかる。ほかのやつらは、十二日だとか言っているけど。数もちゃんと数えられないやつらと危険な船旅をするなんて、ほんと、ゆかいだよ！　ひどいめにあった。何時間も何時間も、大波にゆられて。ずぶぬれだ。しかも、まともな食事をくれようともしやしない。もちろん、無線もなければ、信号弾もないから、助けを呼ぶこともできない。こんな小さなくさったふろおけみたいな船で海に出るのがそもそもどうかしていると、ぼくがずっと言ってきたことの正しさが証明されたわけだ。まともな人がいっしょだったとしてもひどいのに、人間の姿をした悪魔といっしょなんだから。カスピアンとエドマンドの、ぼくへの仕打ちは、もうめちゃくちゃだ。マストをなくした夜（もう、マストの折れたあとしか残っていない）、ぼくは気持ちが悪かったにもかかわらず、無理やり甲板に連れ出されて、どれいのようにこき使われた。ルーシーは、リーピチープも漕ぎたがっているけれど、小さすぎて無理だと言って、自分でオールを漕いでいた。あのネズミがやっているのはなにもかも、自分を見せびらかすためだってことが、どうしてルーシーにはわからないんだろう？　まだ幼いにしても、それくらいの分別はもつべきだ。今日、このいまいましい船がついに水平になって、陽が照って、みんなこれからどうすべきかについてあれこれ話していた。食料は、食えたもんじゃないけど、じゅうぶんにあり、あと十六日はもつ。（ニワトリはぜんぶ流されちまった。流されなくても、あの嵐のせいで、卵を産まなくなっていただろう。）マジ、問題なのは水だ。ふたつの樽に穴があいたらしく、もれて、からっぽになっちゃった。（ナルニアのやつらのやりかたがどうしようもないことが、これでもわかる。）ひとり分を少なくして、一日ハーフ・パイントとすれば、十二日もつ。（ラム酒とワインはたくさんあるが、そんなもの飲んだら、のどがかわくだけだってことは、やつらでもわかるだろう。）

もちろん、ただちに西にむかって、ローン諸島にひき返すのがかしこいのだが、ここまで来るのに十八日かかっていて、それも、ものすごい追い風でめちゃくちゃ走ってきたから、かりに東風が吹いたとしても、もどるのにはそれ以上かかる。今のところ、東風は吹きそうにない――というか、風がまったくない。漕いでもどるにしたって、時間がかかりすぎる。なのにカスピアンは、一日グラス一杯の水しか飲めないんじゃ船も漕げないなんてぬかしやがった。そんなはずがあるもんか。汗をかけば体が冷えるから、働けば水はそれほど必要ないと説明してやったのに、カスピアンはまったく無視しやがった。答えられないときのやつのいつものやりかただ。ほかの連中は、陸地を見つけられるかもしれないからと先へ進むことに賛成した。行く先に陸地があるかどうかわからないと教えてやるのは、ぼくの義務だと思い、希望的観測の危険をわからせてやろうとした。するとやつらは、もっとましな案を示す代わりに、ずうずうしくも、ぼくがなにを提案するかと聞いてきた。だからぼくは、冷静におだやかに、ぼくは誘拐されて、ぼくの同意もなしに、このばかげた航海に連れ出されたのであって、きみたちを危険から救うなんてぼくの知ったことではないと言ってやった。

九月四日。まだ海は、ないでいる。ごはんのひとりぶんがとても少なく、ぼくのはだれよりも少なかった。カスピアンは、ごはんをよそうとき、ずるをしても、ぼくが気がつかないと思っていやがるんだ！　ルーシーがどういうわけか、自分のをぼくにくれてそのうめあわせをしようとしてくれたけど、あのおせっかいの、やかましやのエドマンドがそうさせなかった。ものすごく太陽が熱い。夜じゅうずっと、ひどくのどがかわく。

九月五日。あいかわらず風がなくて、とても暑い。一日じゅうくさくさして、まちがいなく熱がある。もちろん、やつらは、船に体温計をおくという分別もない。

九月六日。ひどい日だ。夜、熱があるとわかって、水を一杯飲まなければならないと思って起きた。どんな医者でも、水を飲みなさいと言ったはずだ。ぼくがぜったいずるをするような人間でないことは神さまもご存じだけど、まさかこの水の割り当てが病気の人でも同じだとは夢にも思わなかった。実のところ、ほかのやつらを起こして水がほしいと言うこともできたけど、みんなを起こしちゃ悪いと思ったんだ。だから、起きあがって、コップを手にして、ぼくらが寝ていた船室《ブラック・ホール》からぬき足さし足で出るとき、カスピアンとエドマンドを起こさないようにとても気をつけた。だって、ふたりはあの熱気と水不足がはじまってからというもの、寝つきが悪くなっていたからね。ぼくはいつだって、いじわるをされようとされまいと、みんなのことを考えようとしているんだ。ぼくはうまいこと、あの大きな部屋へ出た。まあ、あれが部屋だって言えるんなら。船を漕ぐときにすわるベンチがあって、荷物がおいてあるところだ。水の置き場はその奥にある。なにもかもうまくいっていたのに、コップ一杯くむ前に、ぼくをつかまえたのはだれかと思えば、あの小さなスパイのリーピ野郎だ。ぼくは、空気を吸いに甲板に出るところだと説明しようとした（水のことなんて、やつには関係ない）が、やつは、ぼくがなぜコップを持っているのかと聞きやがった。やつが大きな声をたてるもんだから、船じゅうの人が起きてきた。

みんな、ぼくに、とんでもない疑いの目をむけやがった。ぼくは、だれだってそうたずねると思うけど、どうしてリーピチープは真夜中に水おけの近くをうろつきまわっていたのかとたずねた。やつは、自分が小さすぎて甲板では役に立てないから、毎晩水おけの見張りをすることで、見張りの人を眠らせてやっているのだと言う。みんなが、とんでもなく不公平だったのは、そのときだ。みんな、リーピ野郎を信じたんだ。そんなことって、あるか?

ぼくは、ごめんなさいと言わなければならなかった。さもないと、あの危険な小さな獣が剣でおそいかかってくるところだったからだ。するとカスピアンが、やばんな暴君としての本性をあらわにして、みんなに聞こえるように大声で、今後、水を「ぬすむ」のを見つかった者は「二十四回だ」と言った。どういうことかわからなかったけど、エドマンドが、二十四回鞭(むち)でぶたれることだと教えてくれた。ペベンシー家の子どもが読むような本には出てくることらしい。

このひきょうなおどしのあと、カスピアンは調子をかえて、ぼくに対して上から目線であわれむような態度に出た。ぼくがかわいそうだとか、みんなぼくと同じように熱っぽく感じているのであって、みんながんばらなきゃいけないとかなんとか。嫌らしい、お高くとまった気どり屋だ。ぼくは、そのあと一日じゅう寝ていた。

九月七日。今日は少し風が出てきたが、まだ西風だ。ドリニアンが応急マストと呼ぶものに張った帆のおかげで、数キロ東へ進んだ。応急マストというのは、船の舳先から前へななめにつき出した《やりだし》を取ってきて、それをほんとのマストの折れた残りにまっすぐしばりつけたもの（連中は、組む、と言う）。まだ、のどがからから。

九月八日。あいかわらず東へむかう。一日じゅう寝棚にいて、悪魔が二匹寝に来るまで、ルーシー以外のやつとは会わないことにした。ルーシーは自分の水を少し分けてくれた。女の子は、男の子ほどのどがかわかないそうだ。ぼくもときどきそう思ってたけど、海ではこのことをみんながわかっているべきだ。

九月九日。陸が見えた。とても高い山が、南東のずっと先に見える。

九月十日。山が大きく、はっきりと見えるが、まだ遠い。今日ひさびさにカモメを見た。ずいぶんひさしぶりだ。

九月十一日。魚をつかまえて、ごはんに食べた。夜七時ごろ、この山だらけの島の入り江の三尋（一尋は水深約一・八メートル）のところにいかりをおろした。あのカスピアンのばかは、暗くなってきたからと、ぼくらを岸にあげさせなかった。やつは、やばん人や野獣がこわいんだ。今晩は水の特別配給あり。

さて、この島でみんなを待ちうけていたのは、ほかのだれよりもユースタスに関わる事件だったが、ユースタスは九月十一日以降ずっと日記をつけるのを忘れてしまったので、ユースタスの言葉でお伝えすることはできない。

朝になると、空には暗雲が低くたれこめていたが、まだかなり暑く、ちょうどノルウェーのフィヨルドみたいに、崖や、ごつごつした岩山にかこまれている入り江を船は進んでいった。前方の入り江の奥には、平らな土地がひろがっていて、杉らしい木がうっそうとしげり、木々のあいだから急流が流れ出ていた。そのむこうには急なのぼり坂がぎざぎざの峰までつづいており、峰のうしろには山々が黒々とそびえて、どんよりとした雲におおわれていたので、山頂は見えなかった。入り江の両側近くにある崖のあちこちには、たてに白い筋が入っていたので滝だとわかったが、遠くから見ると、流れているようにも見えず、音も聞こえてこなかった。実のところ、どこもかしこも静まり返り、入り江の水面は鏡のように平らだった。崖のようすがすっかり映しだされている。絵にしたらとても美しい景色だっただろうが、実際はかなり重苦しい感じがした。やってきた人を歓迎してくれそうな場所ではなかった。

船に乗っていた全員が二艘のボートで岸にあがり、川で楽しく水を飲んだり、体を洗ったりした。食事をして休んだあと、カスピアンが四人を船の番として送り返し、その日の仕事がはじまった。あれもこれもぜんぶやらなければならなかった。樽という樽を岸へ運んで、そのぜんぶに水をいっぱいにつめなければならない。こわれた樽は、直せるものは直して、それにも水をつめるのだ。木を——できれば松の木を——切って、新しいマストにしなければならない。帆を修繕しなければならない。狩猟隊を組んで、ここで見つかる獲物をしとめに行かねばならない。服を洗って、つくろわなければならない。船には、ちょっとこわれたところが無数にあって、それも直さなければならない。夜明けのむこう号そのものも——遠くから見ると、はっきりしたが——せまみなとを出たときのりっぱな船とは思えないほど、ぼろぼろになっていた。がたがきて、色もあせて、これではだれが見ても、難破船にしか見えないだろう。乗っている船員たちだって同じだ。やせこけて青ざめて、寝不足で赤い目をしていて、ぼろをまとっていた。

ユースタスは木かげで横になって、こうした計画が話されるのを聞いて、がっかりした。休むということは、ないのだろうか。待ち望んでいた陸地での最初の日は、海上での一日と同じぐらいたいへんになりそうだ。そのとき、すばらしいことを思いついた。だれもこちらを見ていない。みんな、まるであのいまいましい船が大好きであるかのように、船のことをぺちゃくちゃ話している。このままそっといなくなったらどうだろう？　島の奥を散歩して、山のなかのすずしい、空気のいい場所を見つけて、思いっきり眠って、みんなが一日の仕事をおえたころに、みんなのもとへ帰るのだ。そうしたら元気が出るだろう。でも、入り江と船を見失わないように気をつけて、帰り道がわからなくならないようにしなければならない。こんなところにひとりぼっちでとり残されたくはないから。

すぐに計画を実行にうつした。そっと立ちあがり、だれかに見られても脚をのばそうとしているだけと思われるように、ゆっくりと、なにげない感じで、木立のなかを、みんなから遠ざかって歩いた。みんなの声がうしろにすうっと遠のいていき、とても静かな、暖かくて暗い緑の森のなかへ入っていけたので、びっくりした。やがて、もっと早足で、どんどん歩いていってみようと思った。

すると、まもなくして、森の外へ出た。目の前にあるのは、急なのぼり坂だ。草は枯れていて、すべりやすかったが、手をついてのぼれば、なんとかのぼれる。はあはあと息をつき、何度も額の汗をぬぐったが、着実にのぼっていった。ところで、ユースタス自身は少しも気づいていなかったが、ナルニアでの新しい生活のおかげで、ユースタスががんばりやさんになっていたことがわかる。両親にあまやかされていた、かつてのユースタスだったら、十分もしないで、のぼるのをあきらめていたことだろう。

ゆっくりと、ときどき休みながら、ユースタスはてっぺんにたどりついた。ここから島の内側が見えると思っていたのだが、雲がさっきよりも低く近くたれこめ、霧が出てきていた。ユースタスはすわって、ふり返った。あまりにも高いところまで来たので、入り江は下のほうに小さく見え、海がどこまでも、どこまでも、ひろがっているのが見えた。それから、山の霧がすっかりユースタスをつつみこみ、寒くはないのだけれど、あたりが見えなくなった。ユースタスはごろりと横になって、あちこちに寝返りを打って、楽になれる姿勢をさがした。

ところが、楽になれなかった。あまりゆっくりおちついていられなかったのだ。ほとんど生まれて初めて、ユースタスは、さみしいと感じだしたのだ。最初この気持ちはとてもじわじわと胸にひろがった。それから、時間が気になりだした。あたりはまったく音がしない。ふいに、自分はここに何時間も寝ていたんじゃないかという気がした。ひょっとすると、みんないなくなってしまったかもしれない！　もしかすると、ユースタスが遠ざかるのをわざと見て見ぬふりをして、おいてきぼりにしようというつもりだったのかもしれない！　ユースタスは大あわてで飛び起きて、坂をおりはじめた。

最初、急ぎすぎたために、急な草場で足をすべらせ、二メートルほどずるずると落ちてしまった。それから、そのせいで左に来すぎたと思った。のぼってくるとき、そちらに絶壁が見えたからだ。そこで、すべりはじめた場所と思しきところまでまたよじのぼって、そこから右手のほうへおり直すことにした。そのあとは、順調に思えた。一メートル先も見えない霧のなかだったから、とても注意して進んだ。しかも、あたり一面しーんと静まり返っている。自分のなかの声が「急げ、急げ、急げ」と言いつづけているのに、注意してゆっくり進むのはとても嫌なものだ。なにしろ、おいてきぼりにされるというおそろしい思いが、一刻一刻と強まってきているのだ。もしカスピアンとペベンシー兄妹のことを少しでもわかっていたら、もちろん、そんなことをするはずがないと思えただろうに。けれども、やつらはみんな人間の姿をした悪魔だと、ユースタスは決めつけていたのだ。

「やった、着いたぞ！」岩がごろごろした斜面《がれ場》と言う）をずるずるとすべりながら、ユースタスは言った。ようやく、平らな地面まで来たのだ。

「だけど、さっきの森は、どこだ？　前のほうに、なにか暗いものがあるけど。おや、霧がだんだん晴れてきた。」

そのとおりだった。どんどん明るくなってきて、ユースタスは、まぶしくて目をぱちぱちさせた。霧が晴れてあたりを見ると、ユースタスがいたのは、まったく知らない谷だった。どこを見ても海など見当たらなかった。

第六章

ユースタスの冒険

ちょうどそのころ、ほかのみんなは、川で手や顔を洗って、昼食の準備がほぼ終わり、ひと休みしているところだった。弓のじょうずな三人が入り江の北側の山から野生のヤギを二頭しとめて帰ってきたので、それを火であぶっているところだった。カスピアンは、ワインの樽をひとつ、岸まで運ぶように命じた。アーチェンランドの強い酒で、飲むときは水で割らなければならないから、みんなでたくさん飲めた。これまでのところ仕事は順調で、楽しい食事だった。ただ、ヤギの料理のおかわりをしたあとで、エドマンドがこう言った。

「あの、いけすかないユースタスは、どこだい？」

いっぽう、ユースタスは、見たこともない谷をじっと見まわしていた。とてもせまくて深い谷で、それをとりかこむ絶壁はものすごく急だったから、まるで大きな穴のなかにいるようだった。谷底には草が生えていたが、岩がごろごろしていて、乾いた夏の日に鉄道の盛り土のかたすみに見かけるような黒くこげたあとが、あちこちに見られた。十五メートルほど先には、水がきれいに澄んだ池があった。最初、谷には、ほかになにも見当たらなかった。動物もいなければ、鳥も、昆虫もいない。太陽がぎらぎらと照りつけ、けわしい山々のとがった峰が、谷のはしのむこうに顔をのぞかせていた。

ユースタスは、もちろん、霧のせいで、山のまちがった側へおりてきてしまったのだとわかっていた。そこで、すぐにひき返そうとしてふり返ったのだが、そのとたんに、ぞっとした。どうやら、ユースタスは、おどろくべき幸運によって、ここまでおりてくることのできるただひとつの道をおりてきたようだ。おそろしく急でせまい細長い緑の道で、両側は断崖絶壁になっているのだ。ほかにもどる道はない。けれども、この道の本当のありさまを見てしまった今、ここを歩けるだろうか。ユースタスは、考えただけで、めまいがしていた。

もう一度あたりを見まわして、ともかくまず池でたくさん水を飲んでおいたほうがいいと思った。ところが、むきを変えて、谷のほうへ一歩進もうとしたそのとき、うしろで物音がしたのだ。小さな音だが、このしーんとした静けさのなかでは、大きく聞こえた。ユースタスは凍りついて、しばらくそこに立っていた。それからそっと首をまわして、うしろを見た。

崖の下、少し左のほうに、低く暗い穴があった。たぶんほら穴の入り口なのだろう。

そこから、ふた筋のかすかな煙が流れ出ていた。そして、その暗い穴のなかにころがっている石のいくつかが動いているのだ。(聞こえたのは、その音だった。)まるで、その石のむこうの暗がりで、なにかが這いずりまわっているかのようだった。

なにかが、地べたを這っていた。さらにまずいことに、それはこちらへ出てこようとしている。エドマンドか、ルーシーか、みなさんだったら、それがなにかすぐにわかっただろうが、ユースタスはその手の本を読んだことがなかった。ほら穴から出てきたものは、ユースタスが想像したこともないものだった。長い、なまり色の鼻づらに、どんよりとした赤い目をして、羽も毛もなく、長くしなやかな体を地面にひきずるようにして動き、脚の関節はクモのように背中より高い位置にある。おそろしい爪をしていて、コウモリみたいな翼が岩に当たって嫌な音をたてている。しっぽは何メートルもあった。ふた筋の煙は、その鼻のふたつの穴から出ていた。それを見てもユースタスは、「ドラゴンだ」と思わなかった。かりに思ったとしても、それでなにかがよくなるわけでもなかったが。

ただ、もしドラゴンについてなにか知っていたとしたら、このドラゴンのようすに少しおどろいたかもしれない。それは立ちあがって、両の翼を打ちあわせたり、口から炎を吐いたりしなかったのだ。鼻の穴からたちのぼる煙も、今にも消えそうな火の煙みたいだった。それに、ユースタスのことに気づきもしないようだ。ドラゴンはゆっくり、のそりのそりと、何度もとまりながら池のほうへ動いていた。こわいと思いながらも、ユースタスは、これはよぼよぼのおじいさんの、かわいそうなドラゴンなんだと思った。大急ぎで坂を駈けのぼるべきだろうかと、ユースタスは考えた。だが、音をたてたら、ドラゴンがこちらを見るかもしれない。突然元気になることだってありえる。ひょっとすると、弱っているふりをしているだけなのかもしれない。とにかく、坂をよじのぼって逃げようとしたところで、なんになるだろう？　ドラゴンは空を飛べるのだから。

ドラゴンは池にたどりついて、水を飲もうとして、おそろしい鱗のついたあごを砂利の上にすべらせた。ところが、水を飲む前に、大きなきしむ音のような、ぶつかる音のようなさけび声をあげて、二、三度身をよじってけいれんすると、ごろりと横にたおれて、いっぽうの爪を宙に浮かせたまま、じっと動かなくなってしまった。大きく開いた口からは、黒々とした血が少しほとばしり出た。鼻の穴からの煙は、しばらく黒くなったかと思うと、やがて流れるように消えてゆき、それきりあがらなかった。

長いあいだユースタスは動けなかった。ひょっとすると、これはドラゴンの作戦で、旅人をひっかけるやりかたなのかもしれない。しかし、いつまでも待っているわけにもいかない。ユースタスは、一歩近づいてみた。それから二歩。そして、またとまった。ドラゴンは、やはり動かない。ユースタスは、ドラゴンの目から赤い炎が消えていることにも気がついた。とうとう、ユースタスはドラゴンのところまで来た。死んでいるのは、まちがいない。身をふるわせながら、ユースタスはドラゴンにさわってみた。なにも起こらなかった。

ほっとする気持ちがあまりに強かったので、ユースタスは声に出して笑いそうになった。ただ死んでいくのを見ていただけだが、まるで自分が戦ってドラゴンをやっつけたような気さえしていた。ユースタスはドラゴンをまたいで、池に水を飲みに行った。暑さがたえられなくなってきていたのだ。かみなりがゴロゴロと鳴ったが、別におどろかなかった。ほとんどすぐそのあと太陽が消えて、水を飲みおえる前に、大つぶの雨が降りはじめた。

この島の気候は、かなりひどいものだった。あっという間に、ユースタスはずぶぬれになり、ヨーロッパでは見られないようなどしゃぶりのせいで、ほとんどなにも見えなくなった。こんな雨がつづくかぎり、この谷から出ようとしてもむだだ。ユースタスは、目に入ったただひとつのかくれ場所へ駈けこんだ――ドラゴンのほら穴だ。そこで横になって、ひと息つこうとしたのだ。

ドラゴンの巣になにがあるかぐらいのことはわかりそうなものだけれど、前にも言ったように、ユースタスはちゃんとした本を読んでいなかった。輸出入とか、政府とか、下水施設とかについていろいろ書いてある本には、ドラゴンのことなど書いてなかったのだ。だから、自分が横になったところになにがあるのかさっぱりわからなかった。石にしてはチクチクするし、イバラにしては硬いし、まるかったり、ひらべったかったりするものもたくさんあって、ユースタスが動くたびにガチャガチャいう。ほら穴の入り口には、それらを調べるだけの明るさがあった。もちろんユースタスも、それを見たとたん――私たちは、とっくに宝物だとわかっていたわけだが――ようやく宝物だと気がついた。王冠（これがチクチクしていたのだ）、硬貨、指輪、腕輪、金ののべ棒、杯、皿、宝石類があった。

ユースタスは（たいていの男の子とちがって）宝物にあまり興味はなかったが、ルーシーの寝室の絵を通しておろかにも入りこんできてしまったこの新しい世界では、宝物は役に立つだろうと思った。

「ここじゃ税金もないしな。それに、宝物を政府に届けなくてもいいんだ。このうち少しあれば、ここでかなりいい暮らしができるぞ――カロールメンあたりで。この世界のなかでもせいぜいまともなところみたいだからな。どれくらい運べるかなあ。この腕輪は――ここについてるのはきっとダイヤだ――ぼくの手首にはめておこう。大きすぎるけど、ひじの上まであげておけば、ぴったりだ。それから、ポケットにダイヤをつめよう――金より持ちやすいし。このいまいましい雨はいつやむのかなあ？」

ユースタスは、宝の山のなかで、それほど居心地の悪くないところをさがして、金貨ばかりあるところに横になった。ものすごくこわい思いをして――それも山歩きでくたくたになったあとでそんな思いをして――ほっとすると、急につかれが出るものだ。ユースタスは、眠ってしまった。

ユースタスがぐっすり眠って、いびきをかいているころには、ほかのみんなは食事をおえて、ユースタスがいないことを真剣に心配しはじめていた。みんなは大声で呼んだ。

「ユースタス！　ユースタス！　おおーい！」しまいには声が枯れて、カスピアンは角笛を吹いた。

「近くには、いないわ。いたら、聞こえてるはずだもの。」ルーシーが、青ざめた顔をして言った。

「ちくしょうめ」と、エドマンド。「なんだって、ぬけだしやがったんだ？」

「でも、なんとかしなくちゃ」と、ルーシー。「道にまよったか、穴に落ちたか、やばん人につかまっちゃったのかもしれないわ。」

「あるいは、野獣に食い殺されたか」と、ドリニアン。

「だったら、ざまあみろと言いたいね」と、ラインス。

「ラインス殿」と、リーピチープ。「その言葉は、貴殿にはふさわしくありませんぞ。あいつはわがはいの友ではないが、女王陛下のご親類である。われらが味方である以上、名誉にかけても見つけ出し、もし殺されていたら、そのかたきをとらねばなりません。」

「もちろん見つけなきゃ（できるものなら）」と、カスピアンがうんざりして言った。「だからうんざりなんだよ。捜索隊を結成しなきゃならないし、大さわぎだ。ユースタスのやつめ。」

いっぽう、ユースタスは、ぐうぐう眠り、まだ眠り、ひたすら眠っていた。目がさめたのは、腕の痛みのせいだった。月光がほら穴の口からさしこんでいて、宝物のベッドはずっと居心地がよく感じられた。実のところ、ごつごつをまったく感じなくなっていたのだ。まず腕の痛みはなんだろうと思ったが、ひじの上まであげた腕輪が異様にきつくなっているのだと気づいた。眠っているあいだに、腕がふくれたにちがいない。（左腕だった。）

左腕にさわってみようとして右腕を動かしたが、数センチも動かさずにやめて、こわくなってくちびるをぎゅっと嚙んだ。目の前、やや右側、月光がほら穴の床にきれいにさしこんでいるところに、おそろしいかげが動くのが見えたからだ。その形には見覚えがあった。ドラゴンの爪だ。ユースタスが自分の手を動かすと、そのかげも動き、ユースタスが手をとめると、それもとまった。

「ああ、ぼくとしたことが、ばかだなあ」と、ユースタスは考えた。「もちろん、ドラゴンには仲間がいて、ぼくのとなりに寝てるんだ。」

しばらくのあいだ、ユースタスは身じろぎひとつしなかった。目の前に二本の細い煙の筋がたちのぼるのが見えた。煙は、月明かりのなかで黒ずんで見えた。さっき見たドラゴンが死ぬ前に出していた煙とそっくりだ。ユースタスはびっくりして、息を呑んだ。二本の煙の筋が消えた。息をとめていられなくなって、そっと息を吐くと、ただちに二本の煙の筋がまた吐き出された。それでもユースタスには、まだ事の真相がわからなかった。

やがて、とてもそっと左側へずれていって、ほら穴から這い出すことにした。ひょっとすると、ドラゴンは眠っているのかもしれない。とにかく、それしか方法がない。だが、もちろん、左へずれる前に、左側に目をやった。なんということだろう！　そちら側にもドラゴンの爪があるではないか！

このときユースタスが涙を流したからといって、だれもユースタスを責めることはできないだろう。自分の涙が目の前の宝物の上にパシャンとはねたとき、涙が大つぶであることにびっくりした。しかも、かなり熱いようだ。湯気がたちのぼっている。

けれども、泣いていてもしかたがない。二頭のドラゴンのあいだから、なんとか這い出さなければならない。右腕をのぼそうとした。ドラゴンの右の前足と爪が、まさに同じ動きをして前へのびた。それから、左腕をのぼそうとした。左側のドラゴンの前足も同じように動いた。

ユースタスの両側にいる二頭のドラゴンは、ユースタスがやることをすっかりまねしているのだ！　もうたくさんだとばかりに、ユースタスは逃げ出した。

ものすごい音がした。ユースタスがほら穴から駈けだすとき、なにかがぶつかってきしみ、金貨が鳴り、石がこすれる音がした。ドラゴンたちが追ってくるような気がした。こわくて、うしろをふり返れない。ユースタスは池へ一目散に走った。月明かりを浴びてのびている死んだドラゴンのよじれた姿は、だれが見てもおそろしいものだったが、ユースタスにとって、それどころではなかった。ともかく水に飛びこもうという一心だった。

けれども、池のふちまで来ると、ふたつのことが起こった。まず、自分が両手両足をついて走っていることに、雷に打たれたようにハッと気がついた。なんで、そんなことをしているのだろう。第二に、水のほうへ身を乗り出すと、また別のドラゴンが池のなかからこちらを見ているように思えた。しかし、ふと、真実がわかった。池のなかのドラゴンの顔は、自分の顔が映ったものなのだ。まちがいない。こちらが動くと、池のドラゴンも動く。こちらが口をあけて、閉めると、池のドラゴンも同じように口をあけて、閉めるのだ。

眠っているあいだに、ユースタスは、ドラゴンになってしまったのである。ドラゴンのほら穴のなかで、ドラゴンのように欲ばりな心をいだいて寝ていたから、自分がドラゴンになったというわけだ。

それで、なにもかも説明がつく。ほら穴のなかに二頭のドラゴンなどいなかったのだ。右側と左側にあったドラゴンの爪は、自分の右手と左手だったのだ。二本の煙の筋は、自分の鼻の穴から出ていたのだ。左腕（というか、かつて左腕だったもの）の痛みについて言えば、左目を横目にしてじっと見て、なにが起こったのかわかった。少年の上腕にぴったりはまっていた腕輪は、ドラゴンの太くて短い前足にはあまりにも小さすぎたのだ。腕輪は、鱗のついた肉に深く食いこんでいて、その両側は、血管が浮き出るように、はれあがっていた。ユースタスはそこをドラゴンの歯で食いちぎろうとしたが、腕輪は取れなかった。

痛みにもかかわらず、まず感じたのは、ほっとする気持ちだった。もうなにもこわがらなくていいのだ。こわいのは自分自身であり、この世のなかで自分に攻撃を仕掛けてくるのは、騎士ぐらいだろう。（それも騎士ならかならずというわけではない。）こうなったらカスピアンやエドマンドだってやっつけられる――

ところが、そう思ったとたん、やっつけたくはないのだと気がついた。むしろ友だちになりたいのだ。人間たちのなかにもどって、おしゃべりをして、笑って、いっしょにいろいろしたいのだ。今や自分は、人間界から切り離された怪物になってしまったのだとわかった。たえがたいさみしさが、押し寄せていた。ほかのみんなが悪魔だなんてとんでもないことだと、ようやくわかった。そして、これまで自分が、自分で思ってきたほどいい人間だっただろうかと考えはじめた。そして、みんなの声が聞きたくなった。やさしい言葉をかけてもらえたら、たとえそれがリーピチープからであっても、ありがたいと思うことだろう。

そう思うと、かつてユースタスだったあわれなドラゴンは、声をあげて泣きだした。人っ子ひとりいない谷で月明かりの下、力強いドラゴンが大泣きをする図というのは、その大音響のすさまじさとともに、みなさんには想像もつかないだろう。

とうとう、ドラゴンは、岸へもどる道を見つけようと決心した。今となっては、自分をおいてきぼりにしてカスピアンが船を出したりするはずがないこともわかっていた。そして、なんとかしてがんばれば、自分の正体をみんなにわかってもらえるはずだと強く思ったのだった。

長いこと水を飲んでから、ドラゴンは、死んだドラゴンをあらかた食べつくした。（みなさんはびっくりするかもしれないが、よく考えればおどろくことではない。）自分がなにをしているのか気がついたときには、もう半分食べおわっていた。というのも、ドラゴンの心はユースタスの心ではあるものの、味覚とか消化とかはドラゴンのものだったからだ。そして、ドラゴンにとって、新鮮なドラゴンほどおいしいものはないのだ。だからこそ、ひとつの国にドラゴンが二頭以上いないのだ。

それからドラゴンは谷から這い出した。崖をよじのぼろうとして、ぴょんと飛んでみたら、自分が空に舞いあがったことがわかった。翼があることを忘れていたのだ。飛べたなんて、おどろきだった——こんなうれしいおどろきは、ひさしぶりだった。

ユースタスは、空高く舞いあがると、月明かりに照らされて、たくさんの峰が下のほうにひろがっているのを目にした。銀色の板のような入り江と、いかりをおろしている夜明けのむこう号と、浜辺近くの森でちらちらとたき火が燃えているのが見えた。ものすごい高みから、ドラゴンは一気にそこを目指しておりていった。

ルーシーは、ユースタスについての吉報をもって捜索隊がもどってくるのを夜おそくまで待っていたので、今はぐっすり眠っていた。カスピアンが指揮した捜索隊は、夜おそく、へとへとになって帰ってきたのだった。それは、いい知らせではなかった。ユースタスの手がかりはなく、谷に死んだドラゴンを見つけたという。できるだけよいほうに考えようとして、もうドラゴンはほかにはいないし、午後三時に（そのころ見つけたのだ）死んでいたのだから、その数時間前にこのドラゴンに人を殺すような力はなかっただろうと、元気づけあったのだった。

「こぞうを食って、そのせいで死んだんじゃなければね。ユースタスを食ったら、なんだって死んじまうぜ」と、ラインスは言った。けれども、かなり小声で言ったので、

だれにも聞こえなかった。

その夜おそく、ルーシーは、そっと起こされた。みんなが集まってひそひそと話している。

「どうしたの？」と、ルーシー。

「心をひとつにしなければならない」と、カスピアンが言った。「今、森の上をドラゴンが飛んできて、浜辺におりたった。そうだ。残念ながら、ぼくらと船のあいだにいるんだ。弓矢はドラゴンにはきかない。しかも、ドラゴンは火をこわがらない。」

「陛下のお許しをたまわって――」と、リーピチープが話しはじめた。

「いや、リーピチープ。」カスピアン王は、とてもきっぱりと言った。「きみに、ドラゴンとの一騎打ちをさせるわけにはいかない。この件についてぼくにしたがうと約束しないかぎり、きみをしばりあげるぞ。今はただしっかりと見張りをして、明るくなりしだい、浜辺へ行って、戦うのだ。ぼくが先陣を切る。エドマンド王はわが右翼につき、ドリニアン卿は左翼についてくれ。そのほかの取り決めはしない。あと二時間で明るくなるだろう。一時間後に食事を出し、ワインの残りも出してくれ。すべて、音をたてずにやるのだ。」

「どこかへ行っちゃうんじゃない？」と、ルーシー。

「そうしたら、まずいぜ」と、エドマンド。「どこへ行ったかわからなくなるからね。

部屋にスズメバチがいるなら、どこにいるかわかったほうがいいだろ。」

　朝までまんじりともしない時間が過ぎた。食事が出ると、みんな食べなければならないとわかっていても、あまり食べる気がしない人がたくさんいた。果てしない時間がたったように思えた。やがて空が白んできて、鳥があちこちでさえずり、ぐっと冷えこんできて、夜中よりももっとしめっぽくなってくると、カスピアンが言った。

「さあ、行くぞ、諸君。」

　みんなは剣を抜いて立ちあがり、リーピチープを肩に乗せたルーシーをまんなかにして、しっかりとした列を作った。じっと待っているより、ずっとすてきだった。いつもより、みんなおたがいのことが好きだと感じた。すぐにみんなは行進をはじめた。森のはしまで来ると、ずいぶんと明るくなっていた。そして、砂浜の上には、巨大なトカゲのように、あるいは身軽なワニのように、あるいは足のある蛇のように、巨大でおそろしい、こぶだらけのドラゴンが横たわっていた。

　ところが、ドラゴンはみんなを見ると、立ちあがって火や煙を吐くのではなく、あとずさりをはじめた。よたよた歩いていると言ってもいいような足どりで、入り江の浅瀬へとしりぞいたのだ。

「なんであんなふうに首をふってるんだろう？」と、エドマンド。

「こんどは、うなずいている」と、カスピアン。

「目からなにか出てきたぞ」と、ドリニアン。

「あら、わからないの」と、ルーシー。「泣いてるのよ。あれは涙よ。」

「だまされてはなりませんぞ、姫」と、ドリニアン。「ワニの手口です。相手の警戒を解くためです。」

「きみがそう言ったとき、首を横にふったぞ」と、エドマンド。「ちがう、と言うみたいに。ほら、まただ。」

「あたしたちの言うことがわかってると思う？」と、ルーシー。

ドラゴンは激しく頭をたてにふった。

リーピチープはルーシーの肩から飛びおりて、前へ歩み出た。

「ドラゴンよ」と、するどいリーピチープの声がひびいた。「言葉がわかるのか？」

ドラゴンはうなずいた。

「話せるか？」

ドラゴンは首をふった。

「では、」と、リーピチープ。「おまえがどうしたいのか聞いてもしかたないな。だが、われらの味方となることを誓うなら、左の前足を頭の上へあげよ。」

ドラゴンはそうした。ただ、前足は金の腕輪のせいでふくれて痛かったので、じょうずにあげられなかった。

「ほら、見て！」と、ルーシー。「あの足、けがしてるわ。かわいそうに——それで泣いてたんじゃないかしら。アンドロクレスとライオンのお話〔ライオンの足に刺さったとげを抜いてやった青年アンドロクレスがのちにライオンに助けられる話〕みたいに、治してほしくて来たのかもしれないわ。」

「気をつけろ、ルーシー」と、カスピアン。「とてもかしこいドラゴンだけど、うそをついているかもしれないぞ。」

けれど、ルーシーはとっくに前へ駈(か)けだしていて、そのあとをリーピチープがその短い脚で一所懸命追っていた。それからもちろん、男の子たちとドリニアンもつづいた。

「かわいそうな前足を見せてちょうだい」とルーシー。「治してあげられるかもしれないから。」

ユースタスだったドラゴンは、ドラゴンになる前にルーシーの薬が船酔いを治してくれたことを思い出して、その痛んだ足をよろこんでさし出した。けれども、がっかりした。魔法の薬は、はれをひかせて、痛みを少しやわらげてくれたが、金の腕輪をはずしてはくれなかったのだ。

この治療のようすを、みんながとりかこんで見ようとしていた。そのとき突然、カスピアンがさけんだ。

「ごらんよ！」

カスピアンが見つめていたのは、腕輪だった。

第七章
冒険の結末

「なにを見ろって？」と、エドマンド。

「金の細工をごらん」と、カスピアン。

「小さな金づちと、その上に星みたいにダイヤがある」と、ドリニアン。「えっと、前に見たことがあるなあ。」

「見たことがあるって！」と、カスピアン。「もちろんさ。ナルニアの偉大な、ある貴族の紋章じゃないか。これは、オクテイジアン卿の腕輪だ。」

「悪党め」と、リーピチープは、ドラゴンに言った。「ナルニアの貴族を呑みこんだのか？」

しかし、ドラゴンは、激しく首をふった。

「ひょっとすると」と、ルーシー。「これが、オクテイジアン卿なのかもしれないわ。ドラゴンに変えられちゃったのかも——魔法をかけられて、ね？」

「どちらでもないかもしれないよ」と、エドマンド。「ドラゴンってのは、黄金を集めるもんだからね。だけど、オクテイジアン卿の消息がこの島で消えたってのは、ありそうだな。」

「あなた、オクテイジアン卿なの？」ルーシーがドラゴンにたずねた。ドラゴンが悲しそうに首をふると、ルーシーはもう一度たずねた。「あなた、魔法をかけられたの？――だれか、人間なの？」

ドラゴンは、激しくうなずいた。

すると、だれかが言った。ルーシーが最初に言ったのか、エドマンドが最初だったのか、みんなはあとであれこれ言いあったものだ。

「まさか――ひょっとして、ユースタスじゃないでしょ？」

そしてユースタスは、そのおそろしいドラゴンの首をたてにふり、海につかっていたしっぽでバシャンバシャンと水を打った。その目からあふれ出る、にえたった大量の涙をよけようと、みんなはうしろへ、飛びのいた。（何人かの船乗りたちがあげたののしり声を、ここに記すのはよしておこう。）

ルーシーは一所懸命ドラゴンをなぐさめようとして、勇気をふりしぼって、その鱗（うろこ）の顔にキスをしようとさえした。ほとんど全員が「ひどいめにあったね」と言葉をかけ、何人かは「みんな、きみの味方だよ」とユースタスに言ってあげた。この魔法を解く方法がきっとあるはずだから、一日か二日すればすっかりもとにもどるよと、多くの人が言った。もちろんみんな、ユースタスの話を聞きたがったのだが、ユースタスは口がきけない。それから数日のあいだ、ユースタスは一度ならず砂に文字を書いて教えようとしたけれど、うまくいかなかった。そもそもユースタスは（物語の本を読んでいなかったので）どうすればじょうずに物語ることができるかわからなかったのだ。それに、ユースタスが使うことになったドラゴンの足にある筋肉や神経は、文字を書くのに使ったことなどなかったし、書くなんてことにまったくむいていないのだ。その結果、最後まで書かないうちに波が寄せてきて、書いてあったものをぜんぶ消してしまうのだった。しかも、自分で踏んで消してしまったり、まちがってしっぽで消してしまったりもした。読めたものといえば、こんな感じだった。……のところは、自分で消してしまったところだ。

ぼく　ねてた……ドラ　ン　ドラゴンの穴　で　しんでたし　すご　あ　め……
おきたら……うで　から　とつて　くそ……

けれども、ユースタスの性格が、ドラゴンになってかなりよくなったことは、みんなはっきりわかった。一所懸命手伝おうとするのだ。島じゅうを飛んで、島が山だらけで、野生のヤギと少しの野生のブタしか棲んでいないとわかると、そうした野生動物をつかまえて、船の食料として持ってきてくれた。動物を殺すときもとても情け深く、しっぽの一撃でたおすので、動物は自分が殺されたことに気づかなかった（たぶん、いまだに気づいていない）くらいだった。もちろんユースタスも自分で少し食べるが、ドラゴンだから生で食べたいし、ムシャムシャときたなく食べているところを見られたくないので、いつもひとりで食べた。ある日など、ユースタスは、ゆっくりとだるそうに、でも大得意で、遠くの谷から根こそぎ引っこぬいた大きな松の木を持ってキャンプにもどってきた。マストにするためだった。そして、夕方に冷えこむと――大雨のあとは冷えこむことが多いのだが――ユースタスはみんなにとってありがたい存在となった。というのも、みんな集まってきて、その熱いおなかに背中をつけてすわって温まり、体を乾かせたからだ。しかも、口からボッと炎を吐けば、なかなかつきにくいたき火だって、あっという間に燃えあがった。ときどき、何人かを背中に乗せてやり、ぐるりと飛びまわりながら、下のほうにある緑の丘の斜面や、ごつごつした岩山や、穴のようにせまい谷を見せてやったり、東のほうの海まで連れていって、青い水平線のかなたにある島かもしれない青黒い点をながめさせてやったりもした。

人から好かれるというよろこび（ユースタスにはまったく新しい経験だった）と、人を好きになるというさらに大きなよろこびのおかげで、ユースタスは絶望しないですんだ。なにしろ、ドラゴンであるのは嫌なものなのだ。山の湖の上を飛ぶとき、自分の姿が映るのを見るたびにぞっとした。コウモリみたいな翼も、背中のぎざぎざも、曲がったおそろしい爪も、大嫌いだった。ひとりぼっちになるのは、こわい気がしたが、ほかの人といっしょにいると気まずい思いがした。夕方、みんなの湯たんぽがわりに役に立っていないときは、キャンプからそっとぬけ出して、森と海のあいだで蛇のようにまるまって横になった。そんなときは、とてもおどろいたことに、リーピチープがいちばんはげましてくれたのだった。この気高いネズミは、キャンプのたき火にいる陽気な人の輪から離れて、ドラゴンの煙たい息がかからないように風上にまわって、ドラゴンの頭の近くにすわった。そこで、ユースタスに起こったことはまさに栄枯盛衰の例であって、もしナルニアにあるリーピチープの家へユースタスが来てくれたら（と言っても、本当は家ではなく穴だったし、ドラゴンの体はおろか首すらその穴には入らなかったが）、今をさかりとかがやいた皇帝、国王、公爵、騎士、詩人、恋人、天文学者、哲学者、魔法使いといった人たちが落ちぶれとてもつらい状況になっても、そのうち多くの人たちが復活し、そのあとしあわせに暮らしたという例を百以上教えてあげることができると話した。そんな話をされてもあまりなぐさめにはならないように、そのときは思えたが、親切で話してくれたのであり、ユースタスはその親切を決して忘れなかった。

けれども、もちろん、みんなの心に雲のようにかかっていた心配は、船を出す準備ができたら、ドラゴンをどうしたらよいかということだった。ユースタスがいっしょのときはその話をしないようにしたが、「ずっと甲板のかたすみにじっとしててくれるかなあ。そしたら、荷物をぜんぶ反対側に移動させてバランスを取らなきゃ」とか、「綱をつけて、引っぱっていくのはどうだろう?」とか、「ずっと飛んでついてきてくれないかしら?」といった話や、（とりわけだれもが口にした）「だけど、ドラゴンのエサはどうするの?」といった話は、どうしてもユースタスの耳にも聞こえてくるのだった。かわいそうなユースタスは、この船に乗りこんだ最初の日から自分がまったくのお荷物であり、今となってはさらにみんなに迷惑をかけているのだと、ますます気がつくようになったのだった。このことは、ユースタスの心につき刺さった。ちょうど、腕輪が前足に食いこんだのと同じようにつらくてたまらなかった。腕輪をドラゴンの巨大な歯で食いちぎろうとしても、事態が悪化するだけだとわかっていたが、とくに暑い夜など、ユースタスはときどき嚙みつかずにはいられなかった。

ドラゴンの島に上陸して六日たったころ、エドマンドはたまたまとても朝早く目がさめた。あたりが白んできたので、入り江までつづいている木々の幹は見えたが、山のほうはまだ暗くて見えなかった。目がさめたとき、なにかが動く音を聞いたような気がしたので、片ひじをついて身を起こし、あたりを見まわした。そのとき、森の海側で動いている暗い人かげが見えた気がした。すぐに思いついたのは、「この島に先住民がいないとはかぎらないな」ということだった。それから、カスピアンかな、と思った。それぐらいの大きさだったのだ。だが、カスピアンはとなりで寝ていたし、見れば、今もそこから動いていない。エドマンドは、剣が腰にあることをたしかめてから、調べに行こうと思って起きあがった。

そっと森のはしまで来ると、暗い人かげはまだあった。カスピアンにしては小さすぎ、ルーシーにしては大きすぎる。逃げもしない。エドマンドが剣を抜いて、その見知らぬ人に「おい」と声をかけようとしたときだ。その人が低い声で言った。

「きみかい、エドマンド？」

「ああ。だれだい？」

「わからない？　ぼくだよ、ユースタスだよ。」

「なんてこった」と、エドマンド。「ほんとだ。やあ、ユースタス。」

「しっ」と、ユースタスは言うと、たおれるかのように、よろめいた。

「おい！」エドマンドは、ユースタスを支えた。「どうした？　気分が悪いのか？」

ユースタスが長いあいだだまっていたので、気を失ったのかなとエドマンドは思った。しかし、とうとうユースタスは、こう言った。

「こわかった。わかってもらえないだろうけど……でも、もうだいじょうぶ。どこかへ行って話せるかな。まだ、ほかのみんなとは顔をあわせたくないんだ。」

「うん、いいよ。どこへでも行くよ」と、エドマンド。「あそこの岩にすわったらどうかな。いやあ、きみに会えてよかった――そのう――もとどおりのきみに、さ。ずいぶんたいへんだったろうね。」

ふたりは岩のところへ行き、すわって入り江を見晴らした。空はどんどん明るくなってきて、星は消えて、水平線近くの低いところにとても明るい星がひとつ残るばかりとなった。

「どうしてぼくが――ドラゴンになったかは、まだ話せない。ほかのみんなに話して、すっかりおわりにするまではね」と、ユースタス。「そもそも、ぼく、ドラゴンなんだってことすらわかってなかったんだよ。あの朝ここへやってきたとき、みんながそう言うのを聞くまでは。きみに話したいのは、ぼくがドラゴンじゃなくなったいきさつなんだ。」

「聞かせてくれ」と、エドマンド。

「えっと、ゆうべ、ぼくは、いつも以上になさけない気分だった。あのいまいましい腕輪が、ものすごく痛くて――」

「もうだいじょうぶ？」

ユースタスは笑った。エドマンドは、ユースタスがそんなふうに笑うのを聞いたことがなかった。そして、ユースタスは、腕輪をやすやすと腕からはずしてみせた。

「ほら、ほしい人にあげるさ。ぼくは、もういらない。さて、さっきも言ったけど、目をさましたまま横になって、ぼく、どうなっちゃうのかなあって思ってたんだ。そしたら――でも、なにもかも、夢だったのかもしれない。ぼくには、わからない。」

「つづけろよ」と、エドマンドは、かなりしんぼう強く言った。

「うん。とにかく、顔をあげると、思いもよらないものが見えたんだ。大きなライオンがのっしのっしと、ぼくのほうへやってきたんだ。不思議だったのは、ゆうべは月が出てなかったのに、ライオンのいるところは月光で明るいんだよ。おまけに、そいつは、どんどん近づいてくるんだ。ぼく、ものすごくこわかった。ドラゴンなんだから、ライオンなんかかんたんにやっつけられると思うかもしれないけど、そういうわさじゃないんだ。食べられるのがこわかったんじゃないんだ。ただ、おそろしかった――わかってくれるかな。それで、ライオンは、ぼくのところまでやってきて、ぼくの目をのぞきこんだんだ。ぼくは目をぎゅっとつぶったよ。でも、そんなことしてもしょうがなかった。ライオンはぼくに、ついてくるように言ったんだ。」

「じゃあ、ライオンは口をきいたってこと？」

「わかんない。そう言われてみれば、口をきいたんじゃないと思う。それでも、ついてくるように命じたんだよ。ぼく、命じられたとおりにしなきゃと思って、立ちあがって、あとをついていった。するとライオンは、長いこと歩いて、山のなかへ入っていった。だけど、どこへ行っても、ライオンのまわりには例の月光がずっとあるんだ。それでとうとう、今まで見たことのなかった山のてっぺんまで来ると、そこは庭だった。木や、くだものや、いろんなものがあった。そのまんなかに、泉があったんだ。

泉だってわかったのは、その底から水がボコボコふき出しているのが見えたからさ。でも、ふつうの泉よりもずっと大きかった。まるで大理石の階段で湯船におりていけるような巨大なまるいお風呂みたいだった。水はきれいに澄んでいて、そこへ入ってつかったら、足の痛みがやわらぐんじゃないかと思えた。だけど、ライオンは、まず服をぬがなければならないって言うんだ。いいかい、ライオンがなにか言葉を発したというわけじゃないんだよ。

ぼくは、なんにも着てないからぬげないと言おうと思ったけど、ふと、ドラゴンというのは蛇みたいなもんで、蛇は皮をぬぐじゃないかと思いついたんだ。ああ、ライオンはそのことを言ってるのにちがいないと、ぼくは思った。そこで、自分をひっかいてみると、体じゅうの鱗がはがれだした。それから、もっと深くひっかくと、あちこちの鱗がはがれるだけじゃなくて、皮全体がきれいにはがれたんだ。病気のあとみたいに、バナナの皮みたいに、つるりっとね。すぐにぼくは、その皮の外へ出た。皮は足もとに落ちていて、嫌な感じだった。そいつをぬぐと、すごくすがすがしい気分になって、ぼくは泉につかりに入っていったんだ。

ところが、水に足をつけようとしたとき、下を見ると、足はまだあいかわらず硬くて、ごつごつしていて、しわだらけで、鱗がついていた。でも、だいじょうぶだと、ぼくは思った。最初の皮の下に別の小さな皮があるだけだから、そいつもぬげばいいんだ。そこで、またひっかいてやぶると、その下の皮もきれいにはがれたから、ぼくは、さっきの皮のとなりにそいつを捨てて、泉につかりにおりていった。

そしたら、またさっきとおんなじことのくり返しさ。おやおや、何回皮をぬいだらいいのかな、とぼくは思ったよ。早く前足を泉につけたかったからね。そこで、三度めにひっかいて、三枚めの皮をさっきと同じようにはいで、その皮をぬいだ。そして、水に映る自分を見たとたん、やっぱりだめだと気がついた。

そのとき、ライオンが言ったんだ――しゃべったかどうかは、わからないよ――『私がぬがせてあげよう』って。ぼくは、ライオンの爪がこわかったけど、もうかなり、どうにでもなれって気分だったからね。あおむけにごろんとなって、ライオンのなすがままになったんだ。

ライオンが最初にむいたところは、とっても深かったから、心臓まで取られちゃうんじゃないかって思ったよ。皮がはがされはじめると、その痛さったらなかった。なんでがまんできたかっていうと、皮がはがれる感じがうれしかったからさ。わかるだろ——もしけがしたところのかさぶたを取ったことがあるんなら。すごく痛いのに、はがれるのを見るの、おもしろいだろ？」

「よくわかるよ」と、エドマンド。

「それで、ライオンは、その嫌な皮をぜんぶはいでくれたんだ——ぼくがすでに三度やったときみたいに。でも、自分でやったときは痛くなかったのに、とても痛かったよ。その皮は、草の上にころがった。前のよりもずっとぶあつくて、黒くて、でこぼこしていた。おかげで、ぼくは、皮をはがれたしなやかな枝みたいに、すっかり小さくて、すべすべで、やわらかくなっていた。そしたら、ライオンはぼくをつかまえて——もう皮がなくて、すっごくやわらかいもんだから、つかまれるのは嫌だったけど——水のなかに放りこんだんだ。めちゃくちゃひりひりしたけど、最初だけだった。そのあとすっかりいい感じになって、ぼくは泳ぎだして、パシャパシャしはじめると、腕の痛みはすっかり消えていた。それから、どうしてだかわかったんだ。ぼくは、また男の子にもどってたんだ。自分の腕のことをどう思ったかきみに話しても、うそだと思うだろうな。筋肉はないし、カスピアンのとくらべても、たいしたことない腕だけど、それでもぼくはこの腕を見てうれしかったんだ。そのあと、ライオンはぼくを水から出して、服を着せてくれた。」

「服を着せたって？　服を着せてくれた？　ライオンの前足で？」

「えっと、そこんとこはよく覚えてない。でも、とにかく着せてくれたんだ。新しい服を——実は、今着てるこれだよ。そしたら、突然、ここにもどってたんだ。それで、夢だったのかなあって思ってるんだ。」

「いや、夢じゃないよ」と、エドマンド。

「どうして？」

「えっと、ひとつには、その服があるじゃないか。それに、きみは、ドラゴンじゃなくなってる。」

「じゃあ、あれはなんだったと思う？」と、ユースタス。

「きみはアスランに会ったんだと思う。」

「アスランだって！　その名前、夜明けのむこう号に乗ってから何回か聞いたなあ。そのとき、なんでかわかんないけど、嫌だなあって思ったんだ。でも、あのころは、なにもかも嫌がってたけどね。ところで、きみにあやまりたい。ぼく、ずっと、ひどいことしてたよね。」

「まあ、いいさ」と、エドマンド。「ここだけの話だけど、ぼくが最初にナルニアに行ったとき、ぼくのやったひどいことといったら、きみどころじゃなかったんだぜ。きみは、ただのおばかさんだけど、ぼくは、裏切り者だったから。」

「じゃあ、その話はしなくていいよ」と、ユースタス。「でも、アスランってだれなの？　きみ、知ってるの？」

「えっと——アスランは、ぼくのことを知ってる」と、エドマンド。「偉大なるライオンで、海のかなたの国の皇帝の息子で、ぼくを助けて、ナルニアを救ってくれたんだ。ぼくら、みんな、会ったことがあるんだよ。ルーシーがいちばん会ってる。ひょっとすると、ぼくらがむかっているのは、アスランの国かもしれない。」

しばらくふたりともなにも言わなかった。最後の明るい星が消えていた。右側にある山のせいで日の出は見えなかったが、頭上の空と目の前の入り江がバラ色になってきたので、朝日がのぼったのだとわかった。それから、オウムの仲間の鳥が、うしろの森でさけび声をあげ、木々のあいだでなにかが動く音が聞こえ、とうとうカスピアンの角笛がひびきわたった。キャンプのみんなが起きだしたのだ。

キャンプのたき火をかこんで朝食を食べているみんなのところへ、エドマンドと、もとにもどったユースタスとが現れると、みんなの歓喜たるや、すごいものだった。そしてもちろん、こんどはみんなが、ユースタスがドラゴンになったいきさつを聞かせてもらった。死んでしまったほうのドラゴンは、何年か前にオクテイジアン卿を殺したのだろうか、それとも卿自身がドラゴンになってしまったのだろうかと、みんなは考えた。ほら穴でユースタスがポケットにつめた宝石は、それまで着ていた服といっしょになくなっていた。けれども、宝石を取りにその谷へ行ってみようと言う人はだれもいなかったし、とくにユースタスはこりごりだった。

数日して、マストを直し、色を塗り直して、荷物も積んで、夜明けのむこう号は、いよいよ出航しようとしていた。海に乗り出す前、カスピアンが入り江に面した平らな崖に、こんな文字を刻ませた。

ドラゴンの島
ナルニア王ほかの称号を持つカスピアン十世により発見される
カスピアン治世四年
ここにオクテイジアン卿没すと思われり

「それからは、ユースタスは見ちがえるようなよい子になった」と言えたらよかった。そう言えないこともないのだが、厳密に言うと、少しずつよい子になっていったのだった。ぶり返すこともあった。かなりこまったやつになるときも、まだまだあった。けれども、たいしたことではない。少しずつよいほうへむかっていったのだ。

オクテイジアン卿の腕輪には不思議な運命があった。ユースタスは持っていたくなかったので、カスピアンにあげて、カスピアンはそれをルーシーにあげようとした。だけど、ルーシーもそんなものはほしくなかったので、カスピアンは、「じゃあ、だれか、つかんだ人のだ」と言って空中に放り投げた。それは刻まれた銘をみんなで見ているときだった。腕輪はポーンと上へあがり、日光にきらめき、じょうずな輪投げのときみたいに、つき出た岩にスポッと引っかかった。下からのぼっていくことも、上からおりることもできないところだったので、きっと今でも、そこに引っかかっていることだろう。おそらくは世界がおわるまで。

第八章

危機一髪、二度も

夜明けのむこう号がドラゴンの島をあとにすると、みんなはずいぶん明るくなった。入り江から出るとすぐに順風にめぐまれ、あくる日の朝早くには、見知らぬ島へやってきた。そこは、ユースタスがまだドラゴンだったとき、何人かが背中に乗せてもらって山の上空から見た場所だった。低い緑の島で、ウサギと少しのヤギしかいなかったが、石造りの小屋の廃墟があった。黒いこげあとが残っていることから、そう遠くない昔に、人が住んでいたとわかった。骨やこわれた武器などもあった。

「海賊のしわざだな」と、カスピアン。

「あるいは、ドラゴンにやられたか」と、エドマンド。

ほかに見つかったのは、砂浜にあった小さなかご舟だけだった。小枝で編んだ枠に、獣の皮を張った舟だ。一メートル二十センチほどの小さな舟で、なかにあった櫂も、舟に見合った小ささだった。子ども用のものか、さもなければ、この国の人たちはこびとだったのだろう。リーピチープは、この舟がちょうど自分にぴったりの大きさだったので、持っていくことにした。そこで、船に積みこんだ。みんなはこの島を《焼けあと島》と名づけて、昼前に離れた。

それから五日ほど、南南東の風を受けて、島ひとつない海を進んだが、魚もカモメも見当たらない。やがて、午後まで雨が激しく降る日があった。ユースタスは、リーピチープとのチェスに二度負けて、前みたいな嫌なやつにもどりかけていた。エドマンドは、スーザンといっしょにアメリカに行っていればよかったとぼやいた。そのとき、ルーシーが船尾楼の窓から外を見て言った。

「ねえ！　雨がやんだわ。あれは、なあに？」

みんなは、そう聞くと、船尾楼へどっと駆けあがっていた。雨がやんでいて、見張りのドリニアンも後方のなにかをじっと見つめていた。ひとつではない。つるつるしたまるい岩のようなものがいくつかならんでいるのだ。十二メートルぐらいのあいだをあけて、列をなしている。

「だけど、岩のはずないな」と、ドリニアンが言う。「五分前にはなかったんだから。」

「あら、ひとつ消えたわ」と、ルーシー。

「うん。あそこのは今出てきた」と、エドマンド。

「近づいている」と、ユースタス。

「まずい！」と、カスピアン。「こっちにむかってくるぞ。」

「しかも、本船が出せるよりずっと速いスピードです、陛下」と、ドリニアン。「あっという間に追いつかれます。」

　みんなは息を吞んだ。陸上であれ、海上であれ、得体の知れないものに追いかけられるのは、嫌なものだ。しかも、その正体は、思っていたよりもずっとおぞましいものだった。いきなり、左舷から二十メートルぐらい先の海中から、ぞっとするような顔がぬっと現れた。いたるところ緑と朱色で、むらさきの大きなしみがあちこちにあり、貝殻がくっついているところもある。耳のない馬の顔のような形をしていた。ぎょろりとした目は、海の真っ暗な底でも見通す眼力をもっており、ぐわっとあけた口には、するどいサメのような歯が二列になってぎっしりならんでいた。はじめ、その顔はとてつもなく太い首にのっているように思えたのだが、首がどんどん海中から出てくるにつれ、これは首ではなくて体だとわかった。そしてついに、怪物の正体が明らかになった。多くの人々がおろかにも見てみたいと言っていたもの――巨大な海蛇だ。ものすごく大きなしっぽの先は、海面を出たり入ったりしながら、ずっと遠くのほうに見えた。そして今、その頭が、船のマストよりも高く、そびえ立っている。

　みんなは、急いで武器を取ったが、なにもできなかった。怪物に手が届かないのだ。「射ろ！　射ろ！」弓矢隊長がさけんだ。何人かが矢を放ったが、まるで鉄板であるかのような海蛇の皮はびくともしない。こうなると、みな身動きがとれず、海蛇の目と口をにらみあげて、どこへおそいかかってくるのだろうと、立ちすくんでいた。けれども、おそいかかってはこなかった。頭は、マストのいちばん上の帆げたと平行にのびていき、今、マストの上の戦闘楼のすぐ横まできた。そのままどんどんのびて、右舷の手すりの上まできてから下へ降りてきた。みんなのいる甲板にではなく、海中へだ。その結果、船全体が海蛇のアーチの下にある感じになった。そしてすぐに、そのアーチが小さくなっていった。実際、右舷では海蛇の体が夜明けのむこう号の船体にほとんどふれそうになっている。

ユースタスは（雨降りとチェスのせいで不機嫌がぶり返すまでは、いい子になろうと本当によくがんばっていたが）、このとき生まれて初めて勇敢なことをした。カスピアンから借りた剣を身につけていたユースタスは、海蛇の体が右舷にかなり近づいたところで、船の手すりに飛び乗って、思いきり海蛇に剣で切りかかったのだ。まったくなんの意味もないことで、カスピアンの二番めによい剣をぼろぼろにしただけだったが、勇気を出したことのない子にとってみれば、すばらしいことだった。

ほかのみんなもユースタスといっしょに打ちかかるところだったが、そのときリーピチープがこうさけんだのだった。

「戦うな！　押すんだ！」リーピチープが「戦うな」と言うなんてあまりにもめずらしいことだったので、こんな緊急事態だが、みんなリーピチープをふり返った。する

と、リーピチープは、船の手すりに飛び乗って、海蛇より船首側から、その小さなふわふわの背中を鱗だらけの巨大でぬるぬるした海蛇の背中に押しつけて、必死になって、押しはじめたのだ。なにをしようとしているのかわかった大勢の人が、船の両側に駈けよって同じことをはじめた。そして、一分後、海蛇の頭がふたたび、こんどは左舷に、こちらに後頭部を見せながら現れたとき、ようやく全員にその意味がわかった。

海蛇は、夜明けのむこう号をぐるりとかこむように輪をつくり、その輪をすぼめはじめていたのだ。その輪がぎゅうとしまったら——ボキッ！——船は折れてこなごなになり、海蛇は海に放り出された乗組員をひとりずつ食べていくだろう。唯一助かるチャンスは、その輪をうしろへ押してゆき、船尾がスポッとその輪からぬけるようにしてやることだ。でなければ（同じことだが）、船を前へ進めて輪からぬけるようにすることだ。

もちろん、リーピチープひとりだけでは、いくら海蛇を押したって、びくともするはずがない。大聖堂を持ちあげようとするようなものだ。けれども、リーピチープが死にそうになるまで必死にがんばると、ほかの人たちがふらふらになったリーピチープをどかして、すぐに、ルーシーと（気を失いかけていた）リーピチープ以外の乗組員全員が、船の両側の手すりに沿ってずらりと二列にならんでくれた。そうして、前の人の背中に胸をぴたりとつけて、先頭の人にみんなの力が伝わるようにして、みんなで命がけになって押した。しばらくは（何時間にも思えた）、なにごとも起こらず、胸が悪くなりそうだった。関節がギシギシと鳴り、汗がたれ、あえいだり、うなったりする声が聞こえた。それから、ようやく船が動くのが感じられた。海蛇の輪は、マストより少しうしろへずれたのだ。だが、輪がせばまってきているのもわかった。そして今や、本当の危険がせまっていた。でっぱった船尾楼は輪からぬけられるのだろうか。それとも、引っかかってしまうのだろうか。やった。ちょうどぴったりだ。輪は、船尾楼の手すりの上にかかっている。十数名の人たちが船尾楼に飛びあがった。前よりずっと押しやすくなった。海蛇の体がとても低いところにあったので、みんな横に一列にならんでいっせいに押すことができたのだ。さあこれでなんとかなるぞと思ったやさき、みんなは夜明けのむこう号の船尾にはドラゴンの尾の形に彫ってある高くつき出したおしりがあることを思い出した。そこに引っかからないで海蛇の輪からぬけ出すことなど、とてもできそうにない。

「斧だ」と、カスピアンがかすれ声でさけんだ。「押しつづけろ。」

なにがどこにあるかぜんぶわかっていたルーシーは、その声を聞いたとき、主甲板に立って船尾を見あげていた。あっという間にルーシーは下へ降りて、斧を手にして、船尾へ出るはしごを駈けあがった。ところが、はしごのいちばん上まで着いたとたん、木がたおれるようなバキバキという大きな音がして、船ががくんとゆれて前方へ飛び出した。まさにその瞬間、海蛇を強く押しきったからか、あるいは海蛇がおろかにも輪をしめつけようとしたせいか、ドラゴンの尾の形の船尾が折れて、船は自由になったのだ。

ほかのみんなはあまりにもへとへとで、ルーシーが見たものは目に入らなかった。みんなの数メートルうしろに、海蛇の体の輪がどんどん小さくなって、しぶきのなかへ消えていったのだ。あとになってルーシーはよく言ったのだが（と言っても、もちろん、そのときひどく興奮していたわけだから、気のせいだったのかもしれないけれど）、あの化け物は、ばかみたいに満足そうな顔をしていたと言うのだ。たしかなのは、海蛇はとてもおろかな動物で、船を追いかけずに、まるで夜明けのむこう号の残骸をさがしているかのように、自分の体の近くをきょろきょろと見まわしていたということだ。でもそのときには、夜明けのむこう号はとっくに、すがすがしい追い風を受けて、遠くを走っていた。男たちは、甲板じゅうに横たわったりすわったりして、息を切らしたり、うなったりしていたが、やがてこのことを話せるようになると、みんなで笑いあった。ラム酒がふるまわれると歓声まであがり、みんなはユースタスの勇気（実際には役に立たなかったが）とリーピチープの勇気をたたえた。

このあと三日間は、海と空以外なにも見えなかった。四日めに、風が北風に変わり、波が出てきた。午後には時化てきた。でも同時に、左舷船首に陸が見えた。

「おゆるしをいただければ、陛下」と、ドリニアン。「船を漕いで、あの陸地のかげに入り、時化がおさまるまで、船を避難させたいと思います。」カスピアンは同意したが、強風にさからって船をいつまでも漕ぐことになり、陸に着いたころには夕暮れになっていた。その日の最後の明かりがうすれゆく前に、なんとか自然の港に入りこみ、いかりをおろすことができたが、その夜はだれも上陸しなかった。朝になってあたりを見てみると、そこはごつごつした、さびしそうな島の緑の入り江だった。岩山がそそり立ち、その山頂のむこうから北風に吹かれて、雲がどんどん流れてくる。みんなはボートをおろして、からっぽになった水樽をありったけ積んだ。

「どの川で水をくもうか、ドリニアン？」カスピアンがボートのうしろにすわりながら言った。「入り江に流れこんでいる川はふたつあるみたいだけど？」

「どちらでもよろしいでしょう、陛下」と、ドリニアン。「しかし、右舷の、東側のほうが近いでしょう。」

「雨が降ってきたわ」と、ルーシー。

「降ってるね！」すぐにどしゃぶりになってきたので、エドマンドが言った。「ねえ、もうひとつの川に行こうよ。あっちには林があるから、少し雨やどりができるよ。」

「うん、そうしよう」と、ユースタス。「必要以上にぬれるなんて意味ないよ。」

ところが、そのあいだもドリニアンはボートを右に進めていた。ちょうど時速六十五キロで車を飛ばす運転手が、道がまちがっていると説明を受けているあいだもそのままずるずる車を進めてしまうように。

「みんなの言うとおりだ、ドリニアン」と、カスピアン。「ボートをまわして、西の川へ行こうじゃないか？」

「陛下のおおせのままに。」ドリニアンはそっけなく答えた。きのう天気のことでやきもきしたばかりなので、ドリニアンとしては、海を知らない人たちから指図を受けたくなかったのだ。けれども、ドリニアンは針路を変えた。そして、そうしてよかったのだということが、あとになってわかる。

樽に水をつめこみおわったころには雨があがっていて、カスピアンは、ユースタス、ペベンシー兄妹、リーピチープといっしょに、小山のてっぺんまでのぼって、あたりのようすを見てみようと思った。ガサガサした草やヒースを踏みわけてのぼっていく、つらい道のりで、人っ子ひとり、獣一匹見当たらず、見えるのは海カモメだけだった。てっぺんに着くと、たしかにとても小さな島で、二十エーカー〔約八ヘクタール〕もなかった。この高みから見ると、海は、夜明けのむこう号の甲板や戦闘楼から見えたときよりずっと大きく、ずっとわびしく見えた。ユースタスが東の水平線を見やって、ルーシーに小声で言った。

「どうかしてるよね。なにがあるかわかりもしないのに、あんなむこうのほうまでどんどん進んでいくなんて。」けれども、そんなことを言ったのは、ただのくせであって、かつてのように嫌みを言うつもりではなかった。

山頂では北風がずっと吹きつけていたので、寒くて長くはいられなかった。

「同じ道で帰るのはやめましょう」と、ルーシーは、帰りぎわに言った。「もう少し行って、もういっぽうの川をおりましょうよ。ドリニアンが行きたかったほうに。」

みんなはこれに同意して、十五分ほどすると、ふたつめの川の源に来ていた。思ったよりもずっとおもしろい場所で、山のなかに深い小さな湖があった。海のほうへ水が細く流れ出しているほかは、崖にかこまれていた。ここでようやく風を受けずにすんだので、みんなはヒースがしげる崖の上にすわりこんで休んだ。

みんなはすわったが、ひとりが（エドマンドだった）ぴょんと、飛びあがった。

「この島には、とがった石が多いな。」

エドマンドは、ヒースのしげみのなかを手さぐりしながら言った。「さっきのは、どこ行った？……あ、あった……おや！　こいつは石なんかじゃないぞ。剣の柄だ。いや、ちがうち
がう。一本の剣だ。さびてるけど。ずうっとここに放っておかれたんだな。」

「ナルニアの剣だね、見たところ。」カスピアンが言うと、みんながわっと集まって

のぞきこんだ。

「あたしも、なにかの上にすわってるわ」と、ルーシー。「なにかかたいもの。」それは、鎖帷子(くさりかたびら)の残骸だった。このころには、みんな両手と両足をついて、あちこちヒースのしげみのなかを手さぐりしていた。すると、兜(かぶと)、短剣、そして硬貨が少し、などがつぎつぎと見つかった。カロールメンのクレセント硬貨ではなく、まぎれもないナルニアのライオン硬貨やツリー硬貨といった、ビーバーズダムやベルーナの市場でふつうに見られる硬貨だった。

「こりゃみんな、例の七人の貴族のうちのだれかの遺品かもしれないね」と、エドマンド。

「ぼくも、ちょうどそう思っていた」と、カスピアン。「どの貴族かな。短剣にはなんにも書いてない。それに、どうやって死んだのかな。」

「そして、どうやって、そのかたきをとりましょうか」と、リーピチープがつけくわえた。

みんなのなかでただひとり、推理小説を何冊か読んだことがあるエドマンドは、そのあいだも考えていた。

「いいかい」と、エドマンド。「どうもあやしいところがあるよ。この人は、戦って死んだんじゃないな。」

「どうして?」と、カスピアン。

「骨がない」と、エドマンド。「敵が兜をうばって、死体を置いていったならわかるけど、戦いに勝って、兜を置いて、死体を持っていくやつなんて、聞いたことがあるかい?」

「ひょっとすると、野獣に殺されたのかもしれないわ」と、ルーシーが言った。

「人間の鎖帷子をはずすなんて、よっぽどかしこい野獣だぜ」と、エドマンド。

「もしかすると、ドラゴンかな」と、カスピアン。

「ありえないね」と、ユースタス。「ドラゴンに、そんなことできないよ。ぼくにはわかる。」

「とにかく、ここから離れましょうよ」と、ルーシー。エドマンドが骨のことを問題にしてから、もうこのあたりにすわりたくなくなったのだ。

「いいよ」と、カスピアンが立ちあがりながら言った。「この遺品は、どれもとっておいてもしょうがないね。」

みんなは、崖をおりて、湖から小川が流れ出ている小さな口のところまで来ると、崖にかこまれた湖をのぞきこんだ。暑い日で、水浴びをしたい者もいただろうし、だれもが水を飲みたいと思っていた。まさに、ユースタスがしゃがんで、両手で水をすくおうとした、ちょうどそのときだった。リーピチープとルーシーが同時に「見て!」と言ったので、ユースタスは水のことを忘れて、言われたほうを見た。

湖の底は、灰色がかった大きな青い石でできており、水はかなりすきとおっていた。

そして、底に人間の実物大の像があった。どうやら金でできている。顔はうつむいて、両腕は頭の上にあがっている。みんながそれを見ていると、たまたま雲が割れて、太陽が顔を出した。金の像は、はしからはしまで、きらきらとかがやいた。ルーシーは、こんなに美しい像を見たことがないと思った。

「うわあ!」とさけんで、カスピアンは口笛を吹いた。「これは一見の価値ありだね! あれをひきあげられるかな?」

「飛びこんで取ってきましょうか、陛下」と、リーピチープ。

「だめだよ」と、エドマンド。「少なくとも、あれがほんとに金なら――純金なら――重くて持ちあげられないよ。それに、この湖の深さは、四、五メートルくらいありそうだしね。待てよ。狩りの槍を持ってきていてよかった。どれくらい深いか見てみよう。カスピアン、ぼくが池の上に身を乗り出すあいだ、手をつかんでいてくれないか。」カスピアンは手を取り、エドマンドは前へ身を乗り出し、槍を水のなかへおろしていった。

槍が水面のなかばまで来たところで、ルーシーが言った。

「あの像、金なんかじゃないいんだわ。光のせいよ。槍も同じ色に見えるもん。」

「どうした？」何人かの声がいっぺんにたずねた。エドマンドがふいに槍を放したのだ。

「持っていられなかった」と、エドマンドはあえいだ。「すごく重かった。」

「今は底にあるよ」と、カスピアン。「ルーシーの言うとおりだ。像と同じ色をしてる。」

エドマンドは、靴が気になったらしく、身をかがめて、靴を見ていたが、突然身を起こすと、有無を言わせぬするどい声でさけんだ。

「さがれ！　水から離れろ。みんな。すぐにだ！」

みんなは言われたとおりにして、エドマンドを見つめた。

「ほら」と、エドマンド。「ぼくの靴の先をごらんよ。」

「ちょっと黄色くなってるみたいだけど――」と、ユースタスが言いはじめた。

「金だよ。純金だ」と、エドマンドが口をはさんだ。「見てごらん。さわってごらん。もう革じゃなくなってる。なまりみたいに重いよ。」

「おどろいた！」と、カスピアン。「まさか――？」

「そうだよ」と、エドマンド。「あの水にさわると、なんでも金になるんだ。槍は金になった。だから、あんなに重かったんだ。そして、ぼくの足に水がヒタヒタとかかっていて（はだしでなくてよかった）、靴の先が金になったんだ。あの底にいるかわいそうな人は――つまり、わかるだろ？」

「じゃあ、像なんかじゃなかったのね」と、ルーシーが小声で言った。

「うん、これでなにもかもはっきりした。あの人は、ある暑い日にここにやってきた。崖の上で鎖帷子と服をぬいだ――さっき、ぼくらがいたところでね。服はくさったか、鳥が巣を作るのに持ってったんだろう。鎖帷子は、まだある。それから、飛びこんで――」

「やめて」と、ルーシー。「ひどいわ。」

「ぼくらも、あぶないところだったってわけだ」と、エドマンド。

「ほんとにあぶないところでした」と、リーピチープ。「だれかの指、だれかの足、だれかのひげ、だれかのしっぽが、いつ水にさわっていてもおかしくはありませんでしたからね。」

「ともかく、試してみてもいいな。」カスピアンはしゃがんで、ヒースの枝をもぎとった。それから、とても気をつけて、湖のそばにひざまずき、それを水につけた。つけたときにはヒースだったが、取り出したときには、完璧なヒースの形をした、なまりのように重たくてやわらかい純金になっていた。

「この島をもっていた王さまは」と、カスピアンはゆっくり言いながら、顔が赤らんでいた。「すぐに世界一大金持ちの王さまになっただろう。この島は、永遠にナルニアのものとする。この島は、《金の水の島》と呼ぼう。そして、みんな秘密を守ること。だれにもこのことをもらしてはならない。ドリニアンにさえもだ。言えば死刑だ、わかったか？」

「だれに言ってるんだい？」と、エドマンド。「ぼくは、きみの家来じゃないよ。どっちかっていうと、きみが家来なんじゃないか。ぼくは古代ナルニアの四人の王族のひとりであり、きみは兄ピーター王に忠誠を誓ったんだから。」

「ぼくにしたがわないと言うのだな、エドマンド王？」カスピアンはそう言うと、腰の剣の柄に手をのばした。

「もう、やめてちょうだい、ふたりとも」と、ルーシー。「男の子って、こうなんだから、やんなっちゃう。ふたりとも、いばりんぼの、いじめっ子の、おばかさんだわ――まあああ！」ルーシーの声は、うめき声になった。みんなも、ルーシーが見たものを目にした。

　上のほうの灰色の斜面のむこうに――ヒースがまだ花を咲かせていなかったので灰色だった――音もなく、こちらを見ることもなく、これまでに人間の目が見たこともないような巨大なライオンがゆっくり、のっしのっしと歩いていたのだ。太陽はもう雲にかくれていたのだが、ライオンだけが明るい日ざしを浴びてかがやいているかのようだった。そのようすを、ルーシーは、あとで「ゾウほども大きかった」と言った。けれども、「荷車を引く馬ぐらい大きかった」と言うこともあった。もっとも、問題は大きさではなかった。あれはなにかとたずねる者は、だれもいなかった。みんな、アスランだとわかっていたのだ。

どのようにして、どこへアスランが消えたのか、だれにもわからなかった。みんなは、眠りからさめた人のように、たがいに顔を見あわせた。

「なんの話をしていたんだっけ？」と、カスピアン。「ぼく、ばかなことをしてたよね？」

「陛下」と、リーピチープ。「この場所には、呪いがかかっております。すぐに船にもどりましょう。そして、この島を名づける名誉をいただけるのであれば、この島を《死水島（しにみずじま）》と呼びたいと存じます。」

「それはとてもよい名前だと思う、リーピ」と、カスピアン。「だけど、考えてみると、なぜそう思ったのか自分でもわからなくなってきた。とにかく、天気がよくなったようだし、ドリニアンは出発したいだろう。あいつに話してやることが山ほどあるな。」

けれども、この最後の一時間に起こったことの記憶はあまりにもぼんやりしてしまっており、ドリニアンに話すことはたいしてなかった。

夜明けのむこう号がふたたび帆をかけて進んで何時間もたち、《死水島》がすでに水平線のかなたに見えなくなったとき、ドリニアンはラインスに言った。

「陛下たちが、船にあがってらしたとき、みんな少し魔法にかかっていたみたいだったな。あそこでなにかがあったんだ。おれにはっきりわかるのは、さがしていた貴族のひとりの死体を見つけたってことだけだ。」

「ほんとですか、船長」と、ラインスは答えた。「じゃあ、それで三人だ。あと四人か。この調子だと、年が明けたらふるさとへ帰れそうですね。ありがたいことです。たばこが残り少なくなってきましたからね。船長、おやすみなさい。」

第九章

声の島

さて、ずっと北西から吹いていた風が真西から吹きはじめたため、東の海から日がのぼる朝ごとに、夜明けのむこう号のドラゴンの舳先(へさき)は、太陽のちょうどまんなかにつき出るようになった。ナルニアから見ていたときより太陽がずっと大きく見えると言う人もいたが、そんなことはないと言う人もいた。おだやかだが、しっかりと吹きつづけるそよ風を受けて、船はどこまでも進んだ。あたりには、魚もカモメも、船も陸も見えない。食料のたくわえがまた少なくなってくると、もしかして、どこまで行っても陸に着かないのではないかという不安が、みんなの胸にしのびよった。ところが、このまま東への航海をつづけるのはまずいのではないかと思ったまさにその日、しらじらと夜が明けて、目の前にのぼってきた朝日のなかに、雲のように横たわる低い陸地が見えてきた。

午後のなかばに、広い入り江に船を入れて、一同は上陸した。これまで見たことのあるどんなところともちがう島だった。砂浜を越えていくと、だれも住んでいないかのように静まり返って、がらんとしているにもかかわらず、まるで十人の庭師をかかえたイングランドのりっぱな屋敷の庭にあるかのような、きれいに刈りこまれた芝生が目の前にひろがっていたのだ。たくさんある木々も、たがいにあいだをあけて立っていて、地面には折れた枝や落ち葉もなかった。ときどきハトがクーと鳴いたが、ほかになんの音もしなかった。

やがて、雑草ひとつ生えていない砂の道に出た。まっすぐ長くのび、両側にずらりと木がならんでいる。この小道のはるか先のつきあたりに、屋敷があるのが見えた。ひっそりした灰色のとても細長い家が、午後の日ざしを浴びていた。

小道に入ったとたん、ルーシーは靴に小石が入ったのに気づいた。こんな知らないところでは、小石を取り出すまでみんなに待っていてくれるようにおねがいしたほうがよかっただろう。ところが、ルーシーはそうしなかった。ただそっとひとりだけあとに残って、道にすわって、靴をぬいだのだ。靴ひもがからまって、かた結びになっていた。

ひもがほどけたとき、みんなはずっと先のほうへ行ってしまっていた。小石を取り出して、また靴をはいたときには、もうみんなの声さえ聞こえなかった。けれども、そのとき、なにかほかの音が聞こえてきた。屋敷の方角からではなかった。

耳にしたのは、ドスンドスンという音だった。十数人もの屈強な労働者たちが、力いっぱい大きな木づちで地面をたたいているかのような音だ。しかも、ずんずんこちらへ近づいてくる。ルーシーは一本の木を背にしてすわっており、その木にはのぼれそうもなかったので、ただじっとすわって、幹に体を押しつけ、見つからないようにと祈るしかなかった。

ドスン、ドスン、ドスン……それがなんであれ、かなり近くまで来ていた。地面がゆれているのだ。しかし、なにも見えない。うしろにいるのかしらと思ったが、すぐ目の前の小道でもドスンとひびいた。音ばかりでなく、砂がまるで強くたたかれたかのようにパッと散るので、なにかが小道にいるのだとわかった。ところが、砂を散らしたものは見えない。やがて、ドスンドスンという音は、ルーシーから六メートルほどのところに集まってきて、ふいにやんだ。そして、声が聞こえてきた。

そこにはだれもいなかったから、ルーシーは本当にぞっとした。庭園のようにきれいなあたりのようすは、最初に上陸したときと同じく、静かで、がらんとしていた。ところが、ルーシーのすぐ近くで、声がした。こんなことを言っていた。

「みんな、チャンス到来だ。」

すぐに、ほかのたくさんの声が、いっせいに答えた。

「そうだ。そうだ。『チャンス到来』だってさ。そのとおりだ、ボス。まさにおっしゃるとおり。」

「いいか」と、最初の声がつづけた。「砂浜へ行って、やつらとボートのあいだに入るんだ。そして、みんな、武器を取れ。海へ出ようとするところを、つかまえろ。」「やあ、そうだ、そうだ、ボス。」ほかの声がみんな、さけんだ。「それ以上の計画はないぞ。うまいぞ、ボス。それよりもいい計画は、ありゃしない。」「じゃあ、元気にな。みんな、元気に」と、最初の声。「かかれ。」「そのとおりだ、ボス」と、みんな。「これよりもいい命令はないぞ。まさにおれたちが言おうとしていたことだ。かかれ。」

たちまち、ドスンドスンという音がふたたびはじまった。最初はとてもうるさかったのだが、どんどんかすかになっていき、やがて海のほうへ消えていった。

この目に見えない生き物はなにかしら、と考えてすわりこんでいる場合ではなかった。ドスンドスンという音が消えていくと、ルーシーは立ちあがって、走れるかぎり一所懸命小道を走って、みんなのあとを追った。とにかく、みんなに知らせなければならない。

こんなことが起こっているあいだに、ほかのみんなは屋敷へ着いていた。背の低い建物で――二階しかない――りっぱなれんが造りで、窓がたくさんあり、ツタでおおわれているところもある。しんと静まり返っているので、ユースタスが言った。

「だれもいないんじゃないかな。」けれども、カスピアンは、一本のえんとつからたちのぼる煙をそっと指さした。

大きな門扉が開いていたので、そこを通って、石だたみの中庭に入った。そこで初めて、この島はおかしいとわかる光景に出くわしたのだ。中庭のまんなかに、ポンプがあり、ポンプの下にバケツが置いてあった。それは、別におかしなことではない。しかし、だれもポンプを動かしていないはずなのに、ポンプの柄があがったりさがったりしているのだ。

「ここでは、なにか魔法が働いているぞ」と、カスピアン。

「機械仕掛けだ！」と、ユースタス。「ついに文明国にやってきたんだ。」

そのとき、みんなのうしろから、ルーシーがほてった顔で息をはずませて、中庭に駆けこんできた。ルーシーは、自分が耳にしたことをわかってもらおうと小声で話した。話を半分も聞かないうちに、みんなのなかでいちばん勇気のある者でも、まゆをひそめた。

「見えない敵か」と、カスピアンがつぶやいた。「しかも、ぼくらをボートに帰らせまいとしている。こいつは、まずいぞ。」

「そいつら、どんなやつなのか、見当もつかないかい、ルー？」と、エドマンド。

「わかるわけないじゃない、エド。見えないんだもの。」

「足音は、人間の足音みたいだった？」

「足音は聞いてないわ。ただ声がして、あのおそろしいドスンドスンという、木づちみたいな音がしただけ。」

「剣で刺したら見えるようになるのでしょうか」と、リーピチープ。

「やってみるしかなさそうだね」と、カスピアン。「とにかく、この庭から出ることにしよう。あのポンプのところにひとり、そのお仲間がいて、こちらの話を聞いているからね。」

みんなは中庭から出て、木々に少しかくれることのできる小道へもどった。

「見えない人たちからかくれようとしても、たいして役には立たないけどね。もうかこまれてるかもしれないんだから」と、ユースタス。

「さて、ドリニアン」と、カスピアン。「ボートはあきらめて、入り江の別のところから夜明けのむこう号に合図をして、ぼくらを乗せてくれるように、こちらへ船をまわしてもらえないかな。」

「船が入るだけの深さがありません、陛下」と、ドリニアン。

「あたしたち、泳げるわ」と、ルーシー。

「陛下がたに申しあげます」と、リーピチープ。「見えない敵をさけようとして、こそこそ逃げかくれしても、いたしかたございません。相手がこちらにいくさを仕掛けてくるつもりなら、かならずやいくさとなりましょう。どうなりましても、私は、しっぽをつかまれるよりは、面とむかって戦いとう存じます。」

「今回ばかりは、リーピの言うとおりだよ」と、エドマンド。

「それに」と、ルーシー。「夜明けのむこう号にいるラインスたちが、浜であたしたちが戦ってるのを見れば、きっとなにかやってくれるわ。」

「だけど、敵が見えないんじゃ、ぼくらが戦ってるってわかんないよ」と、ユースタスがなさけない声を出した。「ただ、空中で剣をふりまわして遊んでるって思うよ。」

しばらく気づまりな沈黙があったあと、カスピアンがついに声をあげた。

「ともかくやってみよう。出ていって立ちむかうんだ。みんな、たがいに握手だ。ルーシー、弓に矢をつがえて。ほかのみんなは、剣を抜け。そして、かかろう。ひょっとすると、話し合いで戦いをさけられるかもしれない。」

砂浜まで進軍するとちゅう、芝生や大きな並木がとてものどかに見えたのは、ちぐはぐな感じがした。砂浜に来てみると、ボートはさっきのままだったし、砂浜はがらんとして、だれもいなかったから、ルーシーの話は気のせいだったのではないかと疑う者もいた。けれども、砂浜に出ようとすると、なにもないところから声が聞こえてきた。

「そこでとまれ、諸君。そこでとまれ。まず、諸君と話をせねばならん。われわれは五十人以上おり、武器を手にしておる。」

「そうだ、そうだ」と、ほかの声がいっせいに言った。「さすがボスだ。いいこと言うよな。ボスの言うことは、ほんとだぜ。」

「五十人の武人の姿は見えないが」と、リーピチープが言った。

「そのとおり、そのとおり」と、ボスの声。「わしらは見えない。それは、なぜか。わしらが透明だからだ。」

「いいぞ、ボス。いいぞ」と、ほかの声。「教科書みたいな答えだ。それ以上、いい答えはないぞ。」

「だまっていろ、リーピ。」カスピアンは、リーピチープを制してから、大きな声でこうつづけた。「きみたち透明の諸君は、われわれになにを求めるのだ？　きみたちの敵意を買うようなことを、われわれは、なにかしたか？」

「わしらが求めるのはだな、そこにいる女の子にしてほしいことがあるのだ」と、ボスの声。（ほかの声は、まさにそのことを言いたかったんだ、とさわいだ。）

「女の子だと！」と、リーピチープ。「女王陛下にあらせられるぞ。」

「女王だかなんだか知らないが、」と、ボスの声。（「知らない、知らない」とほかの声。）「その子にしてほしいことがある。」

「なあに？」と、ルーシー。

「女王陛下の名誉を傷つけ、あぶないめにあわせようものなら」と、リーピチープ。

「われらが命をなげうって、きさまらをいかに多くたたき殺せるか、目にもの見しょうぞ。」

「うむ」と、ボスの声。「長い話になる。みんな、すわったらどうだろうか？」

この提案は、ほかの声から大いに賛成されたが、ナルニア人たちは立ったままでいた。

「さて、」と、ボスの声。「こういうことだ。この島は、もうはるか覚えていられないほど昔から、ある偉大な魔法使いのものだった。そして、わしらは、その召し使いなんだ。というか、召し使いだったと言うべきかな。で、話をはしょると、今言ったこの魔法使いは、わしらが嫌がることをしろと命じた。なぜ嫌がったか？　やりたくなかったからだ。そんで、この魔法使いは、ものすごく怒った。いいかね、やつはこの島の主人であって、これまでさからわれたことなんてなかったんだ。すごく裏表のない性格だったんだな。だけど、えっと、どこまで話したっけ？　ああ、そうだ、そしたらこの魔法使いは、二階へあがって（魔法の道具はぜんぶ二階にあって、わしらは下の階で暮らしてたんだよ）、わしらに呪文をかけた。みにくくなる呪文だ。もし今、あんたらにわしらが見えたら、見えなくてよかったと星に感謝するだろうよ。みにくくなる前は、わしらがどんな姿をしてたか信じられないと思うよ。ほんとだよ。でもって、わしらはものすごくみにくくなったから、おたがいに見るのも嫌になるほどだった。それで、どうしたと思う？　まあ、わしらがやったことを教えてやるよ。この魔法使いが午後にお昼寝をしたと思うまで待って、こっそり二階へあがって、大胆不敵にも魔法の本のところまで行って、このみにくさをなんとかできないかと調べたんだ。もうこわくて、冷や汗はだらだら、体はぶるぶるふるえてた。ほんとだよ。でも、信じてもらえないかもしれないけど、みにくさを消す呪文はわからなかった。で、時間はたつし、魔法使いが今にも起きてくるんじゃないかと思って――わしは大汗をかいてたんだよ、正直な話。でもって、まあ、話をはしょると、うまくいったのか、いかなかったのか、人を見えなくする呪文は見つかったんだ。で、こんなにみにくいままでいるくらいなら、見えないほうがいいと思った。どうしてかって？　そのほうがましだと思ったからだよ。それで、わしの小さな娘が――ちょうどこのおじょうちゃんぐらいの年だったよ。みにくくされる前は、とてもかわいい子だったのに――いや、言わぬが花だ――でもって、わしの娘が呪文をとなえた。呪文を言うのは、魔法使い本人でないなら、女の子じゃなきゃだめだったんだ、わかるかな。さもないと、魔法はきかないんだ。どうしてかって？　呪文を言ってもなにも起こらないからだよ。そこで、うちのクリプシーが呪文をとなえた。言っとくべきだったけど、読みあげるのがじょうずな子でね。そうして、わしらは、まあ、ものみごとに見えなくなった。おたがいの顔が見えなくなって、ほっとしたのなんのって。最初はね、ともかく。だけど、結局のところ、わしらは、見えないでいることに、ほとほと嫌気がさしたんだ。それに、もうひとつある。魔法使いも見えなくなっちまうなんて思いもしなかった。（さっき話した魔法使いのことだよ。）だけど、それっきり、見かけてないんだ。だから、死んじまったのか、どっかへ行ったのか、あるいは見えないまま二階にすわってるのか、あるいはひょっとすると、おりてきて、ここにいるのに見えないだけなのかわからんのだ。でもって、いいかい、聞き耳をたててもだめなんだ。だって、あいつは、いつだってはだしで歩いてたからね。大きなネコほどの物音もたてないで動きまわるんだ。それで、あんたがたに正直に言うが、そいつは、ほんとに、がまんできたもんじゃないんだよ。」

ボスの声の話はそういった内容だったが、ほかの声がいろいろ言ったのは省略したから、短くなっている。実のところ、六、七語言ったとたんに、そうだそうだとか、いいぞとか口をはさまれるので、聞いているほうはかなりいらいらした。話がおわると、とても長い沈黙があった。

やがて、とうとうルーシーが口を開いた。

「だけど、それが、あたしたちとなんの関係があるの？　わからないわ。」

「いやはや、かんじんなところを言い忘れたかな」と、ボスの声。

「そうだ、そうだ」と、ほかの声がものすごく興奮して言った。「これほどすっかりきれいに忘れられる人はいないぞ。いいぞ、ボス、がんばれ。」

「まあ、最初からもう一度語り直すこともなかろう」と、ボスの声。

「ええ、その必要はありません」と、カスピアンとエドマンドが言った。

「では、かんたんに言おう」と、ボスの声。「わしらは、外国からすてきな女の子がやってくるのを、ずっと待っておったのだ。あんたのような人をね、おじょうちゃん。二階へあがって、魔法の本のところへ行って、見えなくなったのを見えるようにする呪文を見つけて、それをとなえてほしいんだ。それで、わしらは、この島にやってくる外国人がいたら（すてきな女の子を連れて、ということだよ。連れていなければ、話にならない）、わしらのために役に立ってくれるまでは生きて帰さないと誓ったんだ。だから、みなさん、あんたがたの女の子ががんばってくださらんと、わしらは残念ながらみなさんの首をかっきらなければならんのだ。これもまあ、仕事みたいなもんで、悪く思わんでいただきたいのだが。」

「諸君の武器が見えないが、武器も見えないのか？」と、リーピチープ。そう言いおわるかおわらぬかのうちに、ビュンという音がして、つぎの瞬間、槍が背後の木にささって、ふるえた。

「そいつは、槍だ」と、ボスの声。

「そうだ、ボス、そのとおりだ」と、ほかの声たち。「それよりじょうずに言えないね。」

「わしの手から放たれた」と、ボスの声はつづけた。「手から離れると、見えるようになるんだ。」

「でも、どうして、あたしにしてほしいの？」と、ルーシー。「あなたたちのだれかじゃだめなの？ あなたたちには女の子がいないの？」

「とんでもねえよ、おっかねえ」と、声がいっせいに言った。「おれたちは、二度と階段をあがらない。」

「つまり」と、カスピアン。「きみたちは自分たちの妹や娘にはこわくてさせられないことを、このレイディにしてほしいというわけか？」

「そのとおり、そのとおり」と、声たちは陽気に言った。「まったくじょうずな言いっぷりだ。あんたにゃ、教養ってもんがあるな、ほんと。だれにだって、わかるよ。」

「まったく、こんなひどい話って――」エドマンドがそう言いかけたが、ルーシーがさえぎった。

「あたしが二階にあがらなきゃいけないのは、夜？ それとも昼間？」

「ああ、昼間だ、昼間だよ、そりゃ」と、ボスの声。「夜じゃない。そんなことは、だれもたのんじゃいない。暗くなってから二階にあがるって？ うげえ。」

「わかったわ、じゃあ、やってあげる。」ルーシーは言うと、みんなをふり返って、こうつけくわえた。

「だいじょうぶ。とめないで。しょうがないでしょ？　あっちは何十人もいるのよ。戦えないわ。それに、逆に、味方したほうが、チャンスがあるわ。」

「だけど、魔法使いが！」と、カスピアン。

「わかってるわ」と、ルーシー。「でも、その人だって、それほど悪い人じゃないかもしれないわよ。この人たち、あんまり勇ましくないって、わからない？」

「あまりかしこくないのは、たしかだな」と、ユースタス。

「いいかい、ルー」と、エドマンド。「やっぱり、きみにこんなこと、させられないよ。リーピに聞いてごらん。きっとおんなじことを言うから。」

「でも、みんなの命だけじゃなくて、あたしの命を救うためでもあるのよ」と、ルーシー。「あたしだって、見えない剣でずたずたに切られたくないもん。」

「女王陛下のおっしゃるとおりです」と、リーピチープ。「戦いによって陛下をお救いできるめどが少しでも立っていれば、われらが義務は、はっきりしております。ところが、めどはまったく立ちません。そしてまた、連中が陛下にねがっていることは、陛下の名誉を傷つけるどころか、気高く、英雄的な行為であります。女王陛下が魔法使いとわたりあおうと覚悟なさるなら、私はそれに反対するものではございません。」

リーピチープが少しも悪びれることなくこう言いきることができたのは、だれもが知るとおり、リーピチープはなにかをこわがることなどなかったからだ。だが、しょっちゅうおじけづいてしまう男の子たちは、真っ赤になってしまった。とは言え、リトピチープの言うとおりだったから、したがわざるを得なかった。その決定が知らされると、見えない人たちから歓声があがった。そして、ボスの声が、ナルニア人たちを夕食に招き、一晩をともにすごすように招待した。（ほかの声に大いに賛同された。）ユースタスは招待を受けたくなかったが、ルーシーが言った。

「この人たちは、裏切ったりしないわ。そういう人たちじゃないわ。」

そこで、みんなは同意した。こうして、ドスンドスンというものすごい音といっしょに（石だたみの中庭では、音がひびいて、ますますうるさくなった）、一同は屋敷のなかへ入った。

第十章

魔法使いの本

見えない人たちは、お客を下にも置かぬもてなしぶりだった。料理を載せたいろいろな皿が、運んでいる人がいないかのように、テーブルに近づいてくるのは、とてもおもしろいものだった。目に見えない手で運ばれているとしたら、皿は床と平行にやってくると、みなさんはお考えになるだろう。そんな動きもおもしろかっただろうが、このときはちがった。皿は、長い食堂のむこうから、ぴょんこぴょんこと、とぶようにしてやってきたのだ。とびあがるたびに、皿はいちばん高いところで五メートルぐらいまであがり、それからおりてきて、床から一メートルくらいで急にとまった。お皿のなかがスープとかシチューとかいった料理だったりすると、たいへんなことになった。

「この人たちのこと、すごく知りたくなったよ」と、ユースタスがエドマンドにささやいた。「人間なのかなあ？　巨大なバッタとか、大型カエルだったりするんじゃないかな。」

「そんな感じだね」と、エドマンド。「だけど、バッタなんて考えを、ルーシーに吹きこむなよ。虫が嫌いだからね。とくに大きなやつは。」

料理がこれほど散らからなければ、それに会話がいつも、そうだそうだという合唱にならなければ、食事はもっと楽しかっただろう。見えない人たちは、なんにでも同意した。実際、言っている内容は、反対のしようのないことばかりだった。

「人は腹がへったら、なにか食べたくなるもんだよ」とか、「暗くなってきた。夜はいつもそうだ」とか、「ああ、海をわたってきたんだね。海というのは、すごくぬれるだろ？」といった具合なのだ。ルーシーは、ぽっかりと暗い口をあけている廊下の入り口が気になってしかたがなかった。その先に二階へのぼる階段があるのが、ルーシーがすわっているところからよく見えた。明日の朝、あの階段をのぼっていったら、そこにはいったいなにがあるのだろう。けれども、そうしたことを別にすれば、おいしい食事だった。マッシュルームのスープに、チキンの煮こみ、熱いゆでハム、グーズベリー〔セイヨウスグリ〕、アカフサスグリ、ヨーグルト、クリーム、牛乳、そしてはちみつ酒。みんなは、はちみつ酒が好きだったが、ユースタスは、少しでも飲んでしまったことを後悔した。

あくる日の朝、目をさましたルーシーは、今日がまるで試験の日か、歯医者さんへ行く日みたいに、嫌な気分だった。開いた窓をブンブンとハチが出たり入ったり飛んでいるすてきな朝で、外の芝生はイングランドのどこか、田舎の景色のように見えた。ルーシーは起きあがって、服を着て、ふだんどおりに話をして朝ごはんを食べようとした。それから、ボスの声に、二階でなにをすればよいか教えてもらったあと、みんなに別れを告げて、なにも言わずに、階段の下のところへ行った。そして、ふり返ることなく、階段をのぼっていった。

すっかり明るかったので、少しほっとした。実際、階段の最初の踊り場の上のほう、ルーシーの真ん前に、窓があったのだ。その階段をのぼっているあいだは、一階の廊下にある柱時計のチクタクという音が聞こえていた。それから、踊り場に着くと、左に曲がって、つぎの階段をあがらなければならない。すると、柱時計の音はもう聞こえなくなっていた。

さて、階段のいちばん上までやってきた。見ると、長くて広い廊下があって、遠くのつきあたりに大きな窓がある。明らかにこの廊下は、屋敷のはしからはしまでのびているのだ。廊下の壁には彫刻が施され、絵が飾られ、床にはじゅうたんがしかれ、両側にたくさんのドアがならんでいた。ルーシーはじっと立ちどまって耳をすましたが、ネズミの鳴き声も、ハエの羽音も、カーテンのゆれる音も、なにも聞こえず、ただ、自分の心臓の鼓動だけが聞こえるのだった。

「左のいちばん奥のドアね」と、ルーシーは自分に言った。いちばん奥まで行くのは少したいへんに思われた。いくつもの部屋の前を通らなければならない。そして、どの部屋に魔法使いがいるかわからないのだ。眠っているのか、起きているのかわからないし、見えないかもしれないし、もしかすると死んでいるかもしれない。けれども、そんなことを考えていてもしかたない。ルーシーは、とにかく行ってみることにした。じゅうたんはふかふかで、足音はしなかった。

「まだ、こわがるものは、なにもないのよ」と、ルーシーは自分に言い聞かせた。たしかに静かで、日ざしが明るくさしこむ廊下だった。ひょっとすると、静かすぎたかもしれない。ドアの上に赤いペンキで不思議なしるしが描かれていなかったら、もっとよかっただろう。そのしるしは、曲がりくねった複雑な形をしていて、明らかになんらかの意味があるのだが、あまりすてきな意味ではないかもしれない。壁に奇妙な面が飾られていなければ、もっとよかっただろう。みにくいとまでは――ものすごくみにくいとまでは――言えないかもしれないが、そのからっぽの目の穴は嫌な感じで、面に背をむけたとたんに、面が顔をしかめるような気がしてならなかった。

六つめのドアあたりで、初めてルーシーは、ドキッとした。一瞬、邪悪な小さなひげづらが壁から顔を出して、こちらにしかめつらをして見せたように、たしかに思えたのだ。ルーシーはがんばって立ちどまり、よく見てみた。それは、顔などではなかった。ちょうどルーシーの顔の大きさの、顔の形をした小さな鏡で、鏡の上に髪の毛がついていて、下からひげがさがっていたのだ。鏡を見ると、自分の顔がその髪とひげのあいだにぴったりはまって、まるで自分がその髪とひげを生やしているかのように見えるのだ。「通りすがりに、自分が映っているのを目のはしでとらえただけなんだわ」と、ルーシーは自分に言った。「それだけのことよ。なんにもこわいことなんかないわ。」その髪とひげを生やした自分の顔を見るのは嫌だったので、ルーシーは先へ進んだ。（このひげつきの鏡がなんのためにあったのかは、魔法使いに聞いてみないとわからない。）

左のいちばん奥のドアに着く前に、ルーシーは、歩きだしたときよりも、廊下が長くのびているように感じて、これもまたこの屋敷の魔法なのかしらと考えた。しかし、ついに着いた。ドアは、あいている。

それは、大きな窓が三つある広い部屋で、床から天井までぎっしりと本がならんでいた。ルーシーはこんなにたくさんの本を見たことがなかった。とても小さな本、ぶあつい本もあれば、教会にある大きな聖書よりも大きい本もあった。どれも革の表紙で、古くて、知識と魔法がつまっているようなにおいがした。けれども、ルーシーは、本の見つけかたを教わっていたので、そうした本は気にしなくてよいとわかっていた。というのも、目指す魔法の本は、部屋の中央に立っている、背の高い書見台にあったからだ。立って読まなければならないようだった。（ともかく、椅子がどこにも見当たらない。）それに、読むあいだに、ドアに背をむけて立たなければならない。そこで、すぐにルーシーはふり返って、ドアを閉めようとした。

閉まらない。

ドアを閉めたりするのはよくないと思う人もいるだろうが、ルーシーの考えももっともだろう。こんなところで、あいたドアに背をむけて立つのは嫌だから、ドアを閉めたかったのだ。私だってきっと同じような気持ちになったことだろう。ところが、ドアは閉まらなかったのだから、どうしようもない。

ルーシーが大いに気になったのは、本の大きさだ。ものを見えるようにする呪文が本のなかのどのあたりにあるかということについて、ボスの声はなにも教えられなかったのだ。そのことをたずねたとき、ボスの声はひどくおどろいたようすでさえあった。最初から読みはじめて、そこまで読み進めるものと思っていたらしく、本のなかの、あるページを見つける方法がほかにあるとは思ってもみなかったようなのだ。

「だけど、これじゃ、何日も何週間もかかるかもしれないわ！」ルーシーは、このものすごくぶあつい本を見て言った。「この場所に入ってからもう何時間もたったかのような気がしているのに。」

ルーシーは書見台のところへ行き、本に手をふれた。まるで本に電気が満ちていたかのように、さわったときに指がビリッとした。本を開こうとしたが、最初は開けなかった。ただ、これは、ふたつのなまりの留め金で閉じられていたためで、これをはずすと、すっと開いた。なんという本だろう！

印刷されているのではなく、手書きの本なのだ。きれいに清書されており、文字の線を上から下へ書くときには太く書かれ、はねあげるときには細い線になっていた。とても大きな文字で、活字よりも読みやすく、あまりに美しかったので、ルーシーはしばらく見とれて、読むのを忘れたほどだった。紙はかたく、なめらかで、いいにおいがした。本のページの余白や、呪文のはじまりにある色のついた大文字のまわりには、さし絵があった。

題名のページはなく、題名は書かれていなかった。いきなり呪文が書かれているのだ。最初はどうでもいいものばかりだった。いぼの治しかた（月明かりのなかで銀の洗面器で手を洗う）とか、歯痛やこむら返りの治しかた、ハチの群れをつかまえる方法とかだ。歯痛の人の絵はとても生き生きしていたので、じっと見ているとこちらの歯まで痛くなりそうだった。四つめの呪文のまわりのあちこちに描かれた金のハチは、一瞬、本当に飛んでいるかのように思えた。

ルーシーは、その最初のページからなかなか離れられなかったが、ページをめくると、つぎもまた同じようにおもしろいことが書かれていた。「だけど、先へ進まなきゃ」と、ルーシーは思った。そして、三十ページほど読み進めた。うめられた宝物を見つけ出す方法、忘れたことを思い出す方法、忘れたいことを忘れる方法、だれかが真実を言っているかどうか見分ける方法、風や霧や雪やみぞれや雨を呼び寄せる（あるいは、とめる）方法、人を眠らせる方法、人にロバの頭をつける方法（シェイクスピアの『夏の夜の夢』でかわいそうなボトムがかけられた魔法だ）といったことが書かれており、それらを覚えていられたとしたら、ルーシーにもできるようになったことだろう。読めば読むほど、さし絵はどんどんすばらしく、生き生きとしていた。

それから、さし絵があまりにもきらきらしているので、なんて書いてあるのかわからないくらいのページにさしかかった。わからないといっても、ルーシーは最初の言葉を読みとった。そこには、「これを唱えた女性をだれよりも美しくする絶対確実な呪文」とあった。ルーシーは顔を本に近づけて絵をじっと見つめた。さっきまでごちゃごちゃしていたのに、今でははっきりと見えた。最初の絵は、大きな本を書見台の前に立って読んでいる女の子の絵だった。女の子は、ルーシーとまったく同じ服を着ている。つぎの絵は、ルーシー（絵の女の子はルーシーだったのだ）が口をあけて立っていて、なんだかひどい表情で、なにかをとなえているようすだ。三つめの絵では、ルーシーはだれよりも美しくなっていた。はじめに絵がどれほど小さく見えたかを考えると、絵のなかのルーシーが本物のルーシーとまったく同じ大きさに思えたのは、不思議だった。ふたりはたがいの目をのぞきこみ、本物のルーシーは、もうひ

とりのルーシーの美しい顔に自分と似ているところがまだあるとは思いながらも、その美しさに目がくらんで、しばらく目をそむけなければならなかった。それから、絵という絵がどんどんルーシーに押し寄せてきた。気づけば自分は、カロールメン国での盛大な槍試合で世界じゅうの王たちがルーシーの美しさのために戦うのを、高い玉座にすわって見守っているのだった。そのあと、槍試合は本物の戦争となり、ナルニアとアーチェンランド、テルマールとカロールメン、ガルマとテレビンシアの全国土は、ルーシーを求めて戦う王や公爵や大貴族たちの怒りのために、荒れ野となってしまった。やがて絵は変わり、ルーシーはまだだれよりも美しいまま、イングランドにもどってきていた。（家族のなかでいちばん美しい）スーザンがアメリカから帰国する。絵のなかのスーザンは、本物のスーザンそっくりなのだけれども、ただ器量が悪く、いじわるそうな顔つきをしている。スーザンは、かがやくように美しいルーシーをうらやましく思っているのだが、もうだれもスーザンのことなど気にしていないので、そんなことはどうでもよいことなのだった。

「あたし、呪文を唱えてみるわ。かまうもんですか。やってみるわ。」ルーシーが「かまうもんですか」と言ったのは、そうしてはいけないと強く感じていたからだった。

　ところが、その呪文のはじめの言葉を見返したとき、さっきまではさし絵なんかなかったはずの、文字がならぶページのまんなかから、大きなライオンの顔が――そうあのライオン、アスランの顔が――出てきて、ルーシーの顔をじっと見つめた。アスランは明るい金色で描かれていて、今にもページから飛び出してきそうに思えた。実のところ、少し動いた気もしていて、あとになって考えてみても、動かなかったとは言い切れなかった。とにかく、アスランの表情はよくわかった。うなっていて、牙をほとんどぜんぶむき出していたのだ。ルーシーはとてもこわくなって、すぐにページをめくった。

それからしばらくして、ルーシーは、友だちにどういうふうに思われているかを知る呪文を見つけた。さてルーシーは、さっきの呪文、つまりだれよりも美しくなれる呪文を言いたくてしかたがなかったものだから、それを言わなかった代わりに、この呪文は本当に言ってみたいと思った。こんどこそ、気が変わるといけないと、大急ぎで呪文を唱えた。（どんな呪文かは、教えるわけにはいかない。）そして、なにが起こるかと待った。

なにも起こらないので、ルーシーはさし絵をながめはじめた。するとすぐに、思いもよらないものを目にした。列車の三等客車に、ふたりの女生徒がすわっている絵だ。ルーシーの友だちのマージョリー・プレストンと、アン・フェザーストーンだった。ただ、それは、単なる絵ではなかった。動いていたのだ。列車の窓の外を電信柱がびゅんびゅん通りすぎていくのが見えた。それから、だんだんと（ちょうどラジオの周波数が合うように）、ふたりの話している会話が聞こえてきた。

「今学期は、少しはあなたに会えるのかしら」と、アン。「それとも、やっぱり、ルーシー・ペベンシーにかかりっきりなの？」

『かかりっきり』って、なんのことだかわからないわ」と、マージョリー。

「あら、わかってるくせに」と、アン。「先学期、あなた、ルーシーに夢中だったでしょ。」

「そんなこと、ないわ」と、マージョリー。「そんなばかなことしてないわよ。ルーシーなんて、まあそれなりに悪くない子だけど、学期おわりには、もううんざりだったわ。」

「じゃあ、二度となかよくしてあげないから」と、ルーシーはさけんだ。「あたしには、なかよしのふりして、ひどいわ！」けれども、自分の声を聞いたルーシーは、自分が絵にむかって話しかけており、本当のマージョリーは別の世界の遠いところにいるのだとすぐに気がついた。

「あんな子だとは思わなかったわ。先学期はほんとにいろんなことをしてあげたし、ほかの女の子たちがあんまり相手にしなかったのに、あたしはずっとお友だちでいたのよ。あの子だって、わかってるはずなのに。それに、よりによって、アン・フェザーストーンなんかに！　あたしの友だちって、みんなそうなのかしら？　ほかの絵もあるわ。だめ。もう見ないわ。見ない、見るもんですか。」ルーシーはものすごくがんばってページをめくったが、大きな怒りの涙がそのページにポツリと落ちた。

つぎのページには、「気分をさわやかにするための呪文（じゅもん）」があった。さし絵は少なかったが、とてもきれいだった。ルーシーが読んでみたものは、呪文というよりはお話みたいだった。それは三ページにわたっていて、ページのいちばん下まで読み進める前に、ルーシーは自分が読んでいるということすら忘れて、お話にひきこまれた。さし絵もみんな真にせまっていた。三ページめにきて、おしまいまで読むと、ルーシーは言った。

「こんなすてきなお話、読んだことないし、これからもきっと読むことはないと思うわ。ああ、このお話を十年でも読みつづけていたい。せめて、もう一度読んでみようっと。」

しかし、ここでこの本の魔法が働いた。前にもどれないのだ。つぎのページはかんたんにめくれるのだが、前のページはめくれないのだ。

「まあ、ひどい！」と、ルーシー。「読み返したいのに。じゃあ、せめて思い出しましょう。えっと……今のお話は……内容は……あらまあ、なにもかも消えてゆく。この最後のページも真っ白になっていくわ。なんて不思議な本なの。どうして忘れちゃったのかしら。杯と、剣と、木と、緑の丘が出てきた。それはまちがいないわ。でも、思い出せないわ。どうしよう？」

ルーシーには、どうしても思い出せなかったのだ。それ以来、ルーシーにとって、おもしろいお話というのは、魔法の本に書いてあった、忘れてしまったこのお話のことを意味した。

つぎのページをめくってみると、おどろいたことに、さし絵がひとつもなかったが、いちばん上に、「かくれたものを見えるようにする呪文」と書いてあった。ルーシーはまず、ざっと黙読して、むずかしい言葉がないかたしかめて、それから音読した。この呪文がきいていることがすぐにわかったのは、となえるそばから、ページのいちばん上の大文字に色がついて、余白にさし絵が現れてきたからだ。ちょうど「透明インク」で書かれたものを火にかざすと、文字があぶり出されるようなものだ。ただし、レモンのしぼり汁（これがいちばんかんたんな透明インクだ）みたいなくすんだ色ではなくて、金と青と赤の文字だった。へんてこな絵もあって、ルーシーがあまり好きではない姿をした人たちの絵もあった。そして、ルーシーは思った。

「あたし、なにもかも見えるようにしちゃったんだわ。ドスンドスンと音をたてる人たちだけじゃなくて、このあたりには、見えないこわいものがうようよいるのかもしれない。そんなものがぜんぶ見えるようになっちゃうなんて、だいじょうぶかしら？」

そのとき、やわらかく、重々しい足音が、背後の廊下から近づいてくるのが聞こえた。もちろん、ルーシーがとっさに思い出したのは、はだしで歩く魔法使いがネコのように音をたてないという話だ。しかし、うしろからなにかがしのびよってくるときには、とにかくふり返るのがいちばんだ。ルーシーは、ふり返った。

そのとたん、ルーシーの顔がパッと明るくなった。一瞬（自分ではわからなかったが）、ルーシーはさっきの絵のなかのもうひとりのルーシーと同じくらい美しく見えた。そして、ルーシーはよろこびの小さなさけび声をあげて、両手を前へさし出して、駆けだした。入り口に立っていたのは、まさにあらゆる最高の王たちのなかでも最高の王であるあのライオン、アスランだった。どっしりとして、本物で、温かく、ルーシーにキスされるままになって、ルーシーがかがやくたてがみに顔をうずめるのも許してくれた。そして、その体のなかから低くひびく、地震のような音を聞いても、ルーシーには、アスランがのどを鳴らしているんだわと思えるのだった。

「ああ、アスラン。来てくれてうれしいわ。」

「私はずっとここにいたのだ」と、アスラン。「だが、きみが私を見えるようにしてくれた。」

「アスランったら！」と、ルーシーは少し責めるような口調で言った。「からかわないで。まるで、あたしがあなたを見えるようにしたみたいなこと言って！」

ね？」

「そうしたのだよ。」と、アスラン。「私が自ら定めたきまりにしたがわないと思うか

しばらくして、アスランはまた言った。

「わが子よ。きみは、立ち聞きをしていたね。」

「立ち聞き？」

「ふたりの学友がきみの話をするのを聞いていた。」

「ああ、あのこと？　あんなの、立ち聞きじゃないわ、アスラン。魔法でしょ？」

「魔法でだれかのようすをのぞき見するのは、ほかの方法でのぞき見するのと同じことだ。しかもきみは、友だちを誤解した。あの子は弱いが、きみを愛している。年上の子がこわくて、心にもないことを言ったのだ。」

「あんなこと言われて、忘れられるとは思わないわ。」

「忘れないだろう。」

「まあ」と、ルーシー。「あたし、なにもかもだいなしにしてしまったの？　あんなことをしなかったら、あたしたちお友だちでいられたってこと？　親友でいられたのかしら？　もしかすると一生。なのに、もうだめなんだわ。」

「わが子よ」と、アスラン。「もしかするとこうだったかもしれないということは、だれにもわからないと、前に説明しなかったかね。」

「ええ、アスラン、してくれたわ」と、ルーシー。「ごめんなさい。でも、どうか——」

「言ってごらん。」

「あのお話、また読めないかしら。あたしが思い出せないあのお話。アスランが話してくれない？　ね、おねがい、話して。」

「よろしい。何年もかけて話してあげよう。だが、今はおいで。この屋敷の主人に会わねばならない。」

第十一章

ごきげんな、ぼんくら足

ルーシーが偉大なライオンのあとについて廊下に出ると、すぐにこちらへやってくるおじいさんが見えた。はだしで、赤いマントをまとっている。その白髪にはオークの葉冠があり、ひげを腰までのばして、不思議な彫りものが施されている杖をついていた。アスランを見ると、おじいさんは深々とおじぎをして言った。

「わびしいわが屋敷へ、ようこそいらっしゃいました。」

「私がそなたに与えたあのおろかな家来どもを支配するのには、もううんざりしたかね、コリアキン？」

「いえ」と、魔法使いは答えた。「とてもおろかではありますが、害をなす者ではございません。連中をかなり好きになりましてございます。このような手荒な魔法ではなく、知恵をもっておさめることのできる日がいったい来るのだろうかと、ときに、しびれを切らすこともありますけれども。」

「やがて、その日も来よう、コリアキン」と、アスラン。

「はい、やがて、まいりましょう」と、魔法使いは答えた。「あなたは、連中にお姿をお見せになるおつもりですか。」

「いや。」ライオンはかすかにうなった。それは笑ったのと同じだ（とルーシーは思った）。「出ていったりしたら、みんなふるえあがってしまうだろう。そなたの家来たちがそこまで成熟するには、多くの星が年をとって、島々へ休みを取りにおりてくるほどの長い時間が必要だ。今日、日がしずむ前に、私は、ケア・パラベルの城で主人カスピアンの帰りを指折り数えて待っているこびとのトランプキンをたずねなければならない。ルーシー、きみのことをトランプキンに話してやろう。悲しそうな顔はよしなさい。またすぐに会えるから。」

「教えて、アスラン」と、ルーシー。「すぐって、どれくらいすぐ？」

「あらゆる時は、すぐだ。」アスランはそう言うと、たちまち消えてしまい、ルーシーは、魔法使いとふたりきりになった。

「行ってしまわれた！」と、魔法使い。「あなたと私は、しょげかえっておりますな。いつもこの調子です。おとめすることはできない。人になつくライオンではないのです。さて、私の本は、お楽しみいただけましたかな。」

「とっても楽しいところもあったわ」と、ルーシー。「あたしがここにいたこと、ずっとわかってらしたの？」

「そう。もちろん、あのぼんくらどもが見えなくなるまじないをかけるのをやめさせなかったとき、いずれあなたがやってきてそのまじないを解いてやると、わかっておりました。正確な日どりまではわかりませんでしたが。それに今朝、とくに見張っていたわけでもありません。なにしろ、やつらは私までも透明にしおって。透明だと私はいつも眠たくなるんですよ。ふはあああ——ほら、また、あくびだ。あなた、おなかはすいていませんか?」

「ええ、もしかすると、少し」と、ルーシー。「今、何時ごろなのかしら?」

「いらっしゃい」と、魔法使い。「あらゆる時は、アスランにとって、すぐかもしれないが、わが家では、おなかがすく時間は一時です。」

魔法使いは、廊下を案内して進み、あるひとつのドアをあけた。入ってみると、そこは日ざしにあふれ、お花がいっぱい飾られた気持ちのよい部屋だった。最初テーブルにはなにもなかったが、もちろんそれは魔法のテーブルだったので、おじいさんがひとこと言うと、テーブルにクロスがかかり、その上に、銀食器、皿、グラス、食べ物がずらりとならんだ。

「お気に召すとよろしいのですが」と、魔法使い。「あなたが最近めしあがったものよりも、むしろあなたのふるさとの食べ物に近いものをご用意いたしました。」

「すてき」と、ルーシーは言った。なるほど、熱々のオムレツ、冷たいラム肉、グリーンピーズ、ストロベリー・アイスクリーム、食事中に飲むレモン・スクワッシュと、食後に飲むココアがあった。けれども、魔法使い自身はワインしか飲まず、パンしか食べなかった。このおじいさんには警戒すべきところがどこにもないので、ルーシーはいつしか、昔からの友だちであるかのように、おしゃべりをしていた。

「呪文は、いっきくんですか？」と、ルーシー。「ぼんくらさんたち、すぐに見えるようになるの？」

「ええ、もう見えるようになっていますよ。でも、まだ眠っているんじゃないかな。いつも昼寝をしますからね。」

「見えるようになった今、あなたは、みんなのみにくさを治してあげるの？　もとにもどしてあげたら？」

「ううむ、それは、むずかしいですね」と、魔法使い。「いいですか、あの連中は、昔は自分たちがとてもすてきだったと思いこんでいるだけなのです。みにくくされたと言っているが、そうではない。たいていの人なら、よくなったと言うところですよ。」

「ひどくうぬぼれやさんっていうこと？」

「そうです。少なくとも、ボスはそうです。そして、ボスが仲間たちにそう考えるようにしむけています。みんな、ボスの言うことはなんでも信じますからね。」

「それは気づいたわ」と、ルーシー。

「そう。まあ言ってみれば、ボスがいないほうが、うまくいく。もちろん、あいつをなにかほかのものに変えてしまうこともできますし、あいつがなにを言ってもほかの連中が信じなくなるような呪文をかけることだってできます。しかし、そんなことはしたくない。連中はだれもあがめないよりは、ボスをあがめていたほうがいいのです。」

「あなたのことは、あがめないの？」と、ルーシー。

「いやいや、私など」と、魔法使い。「私なんかあがめたりしませんよ。」

「なんで、あの人たちをみにくくしたの？　つまり、あの人たちに言わせれば、みにくくされたということになるわけだけど？」

「それは、言われたことをしようとしなかったからです。庭の手入れをして、食べ物を育てるのが仕事でした。私のための食べ物だと、連中は思っていましたが、自分たち自身のためのものでした。無理にやらせなければ、まったく働こうとしませんでした。もちろん、庭には水やりをしなければなりません。丘を半マイル〔約八百メートル〕ほどのぼったところに美しい泉があり、その泉から流れ出した小川が庭のまんなかを通っていました。その小川から水をくめばよいだけなのです。なにも、一日に二度も三度もバケツを持って泉まで水をくみに行って、つかれきったり、帰ってくるときに水を半分こぼしてしまったりしなくともよいのです。ところが、連中にはそれがわからない。そういうよけいな苦労をして、とうとう、もう嫌だの一点ばりです。」

「みんな、そんなにおばかさんなの？」と、ルーシー。

魔法使いは、ため息をついた。「これまでにあったことをお話ししても、信じてはもらえますまい。数か月前、連中は食事の前に皿やナイフを洗おうとしていました。食後に洗わずにすむからというのです。掘り出したときに料理しなくてすむように、ゆでたじゃがいもを植えているところを見つけたこともあります。あるときは、ネコがミルクつぼに落ち、二十人がかりでミルクをくみ出していましたが、だれもネコを救いあげようとはしないのです。さて、お食事がおすみになりましたね。それでは、これから、見えるようになったぼんくらさんたちを見にまいりましょう。」

ふたりは、別の部屋へ入った。そこには、なんだかむずかしそうな器具がぴかぴかにみがかれて、ずらりとならんでいた——古代の天文観測儀（アストロラーベ）、太陽系儀（オーラリー）、光速計測器（クロノスコープ）、詩歩格計測器（ポエジメーター）、強弱弱強韻律器（コリアンバス）、経緯儀（テオドリンド）などだ。このとき——ふたりが窓辺に来たとき——魔法使いが言った。

「ほら、あそこに、ぼんくらさんたちがいますよ。」

「だれも見えないわ」と、ルーシー。「あのキノコみたいなのは、なあに？」

ルーシーが指さしたものは、平らな草の上のあたり一面に点々ところがっていた。たしかにキノコに似ているが、ずっと大きかった。軸は一メートルほどあり、かさも、はしからはしまで一メートルほどあった。よく見ると、軸はかさのまんなかについておらず、片側についているので、つりあいが悪いように見えた。そのうえ、それぞれの軸の根もとの草の上に、なにか小さなかたまりがころがっているのだ。実のところ、じっと見れば見るほど、キノコには見えなくなっていた。かさの部分は、最初思ったほどぜんぜんまるくない。まるではなくて、細長く、いっぽうのはしがふくらんでいる。それがたくさん、五十か、それ以上ある。

時計が三時を打った。

とたんに、びっくりすることが起こった。キノコと思ったものが、どれも、突然上下がひっくり返って起きあがったのだ。軸の根もとにあった小さなかたまりは、頭と胴体だった。軸は脚だった。けれども、二本の脚ではなく、どの体にも太い一本の脚が体の真下についていた。(片脚をなくした人のように、体の片側についているのではないのだ。) 脚の先には、巨大な足がひとつついていた。足先は広く、靴の爪先(つまさき)がそりあがっていたので、小さなカヌーのように見えた。ルーシーは、すぐに、どうしてキノコに見えたのかわかった。みんな、あおむけに寝て、その一本の脚を空中にまっすぐ立てて、その巨大な足をかさのようにして体の上にひろげていたのだ。あとで知ったことだが、そうするのが、いつもの休みかたなのだそうだ。足で雨や日ざしをさけられるので、《一本足さん》が自分の足のかげに入るのは、テントに入っているようなものだった。

「まあ、なんてへんてこなのかしら！」ルーシーは、つい笑ってしまった。「あなたがなさったの？」

「ええ、ええ。私が《ぼんくらさん》たちを《一本足さん》たちにしました。」魔法使いもまた、涙が出るほど笑った。

「でも、ごらんなさい」と、魔法使いはつけくわえた。

なかなかの見物だった。もちろん、この小さな一本足の人たちは、私たちのように歩いたり走ったりできない。ノミやカエルのように、ぴょんぴょんとはねまわるのだ。そのジャンプのすごいことと言ったら！　まるで大きな足が巨大なばねになっているかのようだ。それに、なんというはずみをつけながら、やってくることだろう。きのうルーシーがわけがわからないと思ったあのドスンドスンという音は、この音だったのだ。今や、一本足さんたちは、あちこちにとびはねて、たがいに呼びかけあっている。

「おーい、みんな！　おれたち、また見えるようになったぜ。」

「見えるようになったな。」飾りふさがついた赤い帽子をかぶった男が言った。これがどうやらボスのようだ。「そして、よいか、見えるようになったら、たがいの姿が目に映るのだ。」

「ああ、そうだ、そうだ、ボス」と、ほかのみんながさけんだ。「そのとおりだ。ボスほど頭のいいやつはいないよ。そこまでわかりやすく言えるやつはいない。」

「あの女の子が、じいさんの居眠りしているところを出しぬいたんだ」と、ボス。

「こんどこそ、わしらの勝利だ。」

「まさに、おれたちが言おうとしてたことだ」と、みんなが声をそろえた。「今日は、最強だな、ボス。すごいぞ、すごいぞ。」

「あんなふうなことを言わせておいていいの？」と、ルーシー。「きのうは、あなたのことをこわがっていたみたいだけど。あなたが聞いているかもしれないって、わからないのかしら？」

「そこが、ぼんくらさんたちのおかしなところなのです」と、魔法使い。「あるときは、私がなにもかもを動かしていて、なんでも聞いていて、ものすごく危険であるかのように話すくせに、別のときには、赤ん坊でも引っかからないような作戦で私をやっつけられると思うのです。おめでたいことだ！」

「もとの姿にもどしてあげたほうがいいのかしら？」と、ルーシー。「もし不親切にならなければ、このままにしておいてあげたほうがいいと思うわ。ほんとにこの姿を嫌がってるの？　だって、とってもしあわせそうにしているんだもの。ほら――あんなにとびあがって。以前はどんな姿だったの？」

「ふつうのこびとです」と、魔法使い。「ナルニアにいるような、すてきなこびととは似ても似つかないが。」

「もとの姿にもどしたりしたら、かえってかわいそうなんじゃないかしら」と、ルーシー。「あんなに楽しそうなんだもの。それに、ちょっとすてきだと思う。あたしがそう言ったら、考えを変えてくれるかしら？」

「きっと変えるでしょう――あなたの言うことがわかれば。」

「あたしといっしょに来て、手伝ってくださる？」

「いえいえ。私がいないほうが、ずっとうまくいきますよ。」

「お昼ごはんをどうもありがとうございました！」そう言うと、ルーシーは、さっとむきを変えて駈けだした。今朝どきどきしながらあがってきた階段を駈けおりて、下にいたエドマンドとぶつかった。ほかのみんなはエドマンドといっしょにそこで待っていたから、ルーシーは、みんなの心配そうな顔を見たとき、みんなのことをずっと忘れていて申しわけないと思った。

「だいじょうぶよ」と、ルーシーはさけんだ。「なにもかも、だいじょうぶ。魔法使いは、いい人だし、それに、あたし会ったのよ――アスランに。」

それからルーシーは、風のようにみんなから離れて、庭へ駈けこんだ。ジャンプのせいで大地がゆれていて、一本足さんたちのさけび声で空気は割れるようだった。みんながルーシーを見つけると、ゆれも、さけび声も、二倍になった。

「おじょうちゃんだ、おじょうちゃんだ」と、みんなはさけんだ。「おじょうちゃんに、万歳三唱。ああ！　魔法使いのじいさんをやっつけてくれたんだね。」

「そして、みにくくされる前のわしらをお目にかけられないのは、まったくもって残念だ」と、ボス。「きっと見ちがえることだろう。本当だ。なにしろ、今は否定のしようもなく、わしらはみにくいからな。いや、あんたをだますつもりはない。」

「ああ、おれたちはみにくいよ、ボス。おれたちはみにくい」と、ほかのみんなは、おもちゃの風船のようにはずみながら、声をあわせた。「そのとおりだ、そのとおり。」

「でも、そんなことぜんぜんないと思うわ」と、ルーシーは、自分の声を届けようと、声を張りあげて言った。「あなたたち、とってもすてきよ。」

「そうだ、そうだ」と、みんなは言った。「おじょうちゃんの言うとおり。おれたちは、とってもすてき。こんなにすてきなやつはいない。」

　みんなは、おどろくようすもなく、そう言ったから、自分たちが考えを変えたことに気づいていないようだった。

「おじょうちゃんが言っているのは」と、ボス。「わしらがみにくくされる前に、とってもすてきだったということだ。」

「そうだ、ボス、そのとおり」と、みんなは言った。「おじょうちゃんはそう言った。おれたちは聞いていた。」

「ちがうわ」と、ルーシーは怒鳴った。「あなたたちは、今、とってもすてきだって言ったのよ。」

「そうだ、そうだ」と、ボス。「わしらは以前はとってもすてきだったと言ったんだ。」

「ふたりの言うとおり、ふたりの言うとおり」と、みんな。「ふたりともすごいぞ。いつだって正しい。これ以上じょうずには言えないぞ。」

「でも、あたしたち、反対のことを言ってるのよ。」ルーシーは、いらいらして、地団駄を踏んだ。

「そうだ、そうだ」と、みんな。「反対は最高だ。その調子だ、ふたりとも。」

「あなたたちの言うことを聞いてると、おかしくなりそう。」ルーシーはそう言って、あきらめた。けれども、みんなはすっかり満足しているようだったので、この会話はだいたいうまくいったことにしようとルーシーは思った。

その夜、みんなが寝る前に、一本足さんたちがさらに満足するようなできごとがあった。カスピアンとナルニア人全員はできるだけ早く岸へもどって、とても心配して待っていた夜明けのむこう号のラインスたちにようすを知らせた。そして、もちろん、一本足さんたちもついていった。サッカーボールのようにはねて、大声で「そうだ、そうだ」とさけびつづけるものだから、とうとうユースタスがこう言った。

「魔法使いが、こいつらを見えなくするんじゃなくて、声を聞こえなくしてくれたらよかったのに。」（ユースタスはすぐに、言わなきゃよかったと思った。なにしろ、「聞こえない」というのはどういうことかを説明しなければならなくなり、どんなに一所懸命説明してもわかってもらえたとは思えず、しかもなによりまいったのは、最後に連中にこう言われたことだった。「ああ、こいつは、ボスみたいにじょうずに言うことができないんだ。だけど、そのうちできるようになるさ、ぼうず。ボスの言うことを聞けよ。ものの言いかたを学べるぞ。あれが、じょうずな話し手ってもんさ！」）入り江に着いたとき、リーピチープがすばらしいことを思いついた。自分の小さなかご舟をおろし、それで漕ぎまわってみせたのだ。一本足さんたちは、大いにおもしろがった。それからリーピチープは、舟のなかですっくと立ちあがって言った。

「りっぱな、かしこい一本足諸君。きみたちにボートはいらない。諸君の足がその代わりになる。水の上を軽くとびはねて、どうなるかやってみたまえ。」

ボスはしりごみして、ほかのみんなに、水はものすごくぬれているぞと警告したが、ひとりかふたりの若者があっという間に試してみた。すると、何人かがそのまねをし、とうとう、全員が水の上でとびはねた。それはみごとに、うまくいった。巨大な一本足が、自然のいかだ、あるいはボートのように、水に浮いたのだ。そして、リーピチープがかんたんな櫂の作りかたを教えてやると、みんなは櫂で入り江じゅうをめぐり、夜明けのむこう号のまわりを漕ぎまわった。まるで、船尾に太ったこびとが立っている小さなカヌーの船団のようだった。あちこち動きまわるうち、やがて、競争になった。賞品としてワインの瓶が数本、船からおろされ、船乗りたちは船べりによりかかって、腹をかかえておもしろがった。

ぼんくらさんたちは、《一本足さん》という新しい名前が、なんだかえらそうな名前だと思ったらしく、すっかり気に入った。けれども、きちんと言うことができなかった。

「それが、おれたちなんだ、あっぽん足、うっぷん石、すっぽん橋。まさに、おれたちもそう言おうと思ってたところだ」と、怒鳴るのだ。ところが、すぐに昔の《ぼんくらさん》とごっちゃにしてしまい、結局自分たちのことを《ぼんくら足》と呼ぶことにおちついてしまったから、これから何世紀も、そう呼ばれることになるのだろう。

その夜、ナルニア人たちは、魔法使いといっしょに屋敷の二階で食事をした。ルーシーは、もうこわくない今になって見ると、この二階は、なんてちがって見えるのかしらと思った。ドアの上に描かれている不思議なしるしは、やっぱり不思議だったが、やさしくてゆかいな意味があるように思えたし、ひげのついた鏡でさえ、こわいというより、おもしろいと感じられた。夕食では、みんなは、魔法のおかげで、なんでも食べたいもの、飲みたいものをごちそうになった。夕食後、魔法使いは、とても役に立つ、美しい魔法を見せてくれた。テーブルの上になにも書かれていない二枚の羊皮紙を置いて、ドリニアンに今にいたるまでの航海の正確な説明を求めたのだ。ドリニアンが話しだすと、説明したことはすべて羊皮紙の上に現れ、最後には《東の海》のすばらしい地図ができあがった。そこには、ガルマ島、テレビンシア島、七ツ島諸島、ローン諸島、ドラゴンの島、焼けあと島、死水島、そして、ぼんくら足の島があり、どれも正確な大きさ、正確な位置で描かれていた。それは、《東の海》の最初の地図であり、そののち魔法を使わずに作られたどんな地図よりもすぐれたものだった。というのも、町々や山々は最初ふつうの地図のように見えるのだが、魔法使いが貸してくれた虫メガネで見ると、本物そっくりの小さな絵になっていることがわかるのである。だから、城も、奴隷市場も、せまみなとの通りも、ちょうど望遠鏡をさかさまに見たときのように、とても小さいが、くっきりはっきり見えた。ただひとつの欠点は、島の海岸線がかなりいいかげんであることで、それは、ドリニアンが自分の目で見たものだけが地図になっているからだった。この地図ができあがると、魔法使いは一枚を自分用とし、もう一枚をカスピアンに与えた。それは今もケア・パラベルの城の道具部屋の壁にかかっている。しかし、魔法使いは、それより東にある海や陸については、なにも教えられなかった。ただ、七年ほど前、ナルニアの船が一隻、このあたりにやってきて、その船には、レヴィリアン卿、アルゴズ卿、マヴラモーン卿、ループ卿が乗っているのが見えたと、話してくれた。ということは、死水島の湖に横たわっていた黄金の男はレスティマー卿にちがいないと、みんなは考えた。

あくる日、魔法使いは、海蛇にこわされた夜明けのむこう号の船尾を魔法で直してくれて、役に立つ贈り物をいっぱい積んでくれた。とても心のこもった別れがあり、午後二時に船が出航すると、ぼんくら足さんたちが総出で、入り江の出口まで船についてて漕ぎ出してきて、歓声が聞こえなくなるまで大声で見送ってくれた。

第十二章

暗闇島

この冒険のあと、船はおだやかな風を受けて、少し東寄りの南へ、十二日間進んだ。空はだいたい晴れで、空気は暖かく、鳥も魚も見当たらず、ただ右舷の遠くに何頭かのクジラが潮を吹いているのが一度見えたきりだった。ルーシーとリーピチープは、このとき大いにチェスをした。それから、十三日めに、エドマンドが戦闘楼の上から、見つけたのだ、左舷前方の海からなにやら大きな黒い山のようなものがつき出しているのを。

船は針路を変え、もっぱら漕いで、この島を目指した。風だけでは、北東に進めなかったのだ。夕暮れがせまっても、まだまだ着きそうになく、一晩じゅう漕いだ。あくる日の朝、天気は晴れだったが、まったくの凪だった。暗いかたまりは、かなり近くまで来ていて、ずっと大きくなって前方に見えていたが、あいかわらずまだぼうっとしか見えないので、まだまだ先にあると思う人もいれば、船は霧のなかに入ってきていると思う人もあった。

朝九時ごろ、突然、その黒いかたまりが目の前に現れたので、それが陸でもなければ、ふつうの意味でのもやでもないことがわかった。それは暗闇だった。説明するのはむずかしいが、鉄道のトンネルの口をのぞきこんだときのようすを想像していただければ、おわかりになるだろう。トンネルが長すぎるか、曲がっていると、奥からの光は見えない。そこへ入っていくときどんな感じになるか、知っているだろう。入り口から入ってほんのしばらくは、レールも枕木も砂利も、明るい日光のなかではっきり見えているのだが、だんだんうす暗くなっていき、それからふいに、と言っても、はっきり境界線があるわけではないが、どこもかしこも真っ暗闇で見えなくなってしまう。ここでも、ちょうどそんな具合だった。船首のすぐ先には、緑がかった青くかがやく海のうねりが見えているが、その先は、夕闇のなかのように、海がうすい灰色に見える。さらにその先は、まるで月も星もない夜の果てへ来てしまったかのように、真っ暗になるのだ。

カスピアンは、甲板長に、船を引き返すようにさけんだ。そして、漕ぎ手以外の乗組員はみんな船首へ駈けよって、前を見つめた。ところが、どんなに目をこらしても、なにも見えない。背後には海と太陽があるのに、前にあるのは暗闇だけなのだ。

「つっこむか？」ようやく、カスピアンがたずねた。

「やめたほうがよいと思います」と、ドリニアン。

「船長の言うとおりだ」と、何人かの船乗りたちも言った。

「ぼくも、そう思う」と、エドマンド。

ルーシーとユースタスは、なにも言わなかったが、内心、引き返すことになりそうだと思って、とてもよろこんでいた。けれども、リーピチープのはっきりとした声が、この沈黙をやぶった。

「このまま突き進みましょう」と、リーピチープ。「なぜやめたほうがいいのか、だれか説明してくれませんか。」

だれも説明しようとはしなかったので、リーピチープは、つづけた。

「もし、私が農民や奴隷相手に話をしているのであれば、そのような提案は臆病ゆえと思うでありましょう。しかしながら、若さ花咲く気高き王族とその仲間が、暗闇がこわくてしっぽを巻いたなどと、ナルニアで語り種になるのだけはごめんですね。」

「しかし、暗闇を進んでなんになるというのかね」と、ドリニアン。

「なんになるか？」と、リーピチープ。「なんになるかですと、船長？　もし腹がいっぱいになるとか、財布がふくれるといったことをお考えなら、なんにもならないでしょう。私の理解するかぎり、われわれが船出したのは、なにか得をするためではなく、名誉と冒険を求めてのことです。そして、ここに、いまだかつて聞いたこともないような冒険があり、ここで引き返すならば、われらが名誉に少なからぬ傷がつきます。」

何人かの船乗りはぶつぶつと、「なにが名誉だ、ざけんなよ」などと言ったが、カスピアンは言った。

「ああ、しょうのないやつだな、リーピチープ。おまえを連れてくるんじゃなかったよ。わかった！　おまえがそういうふうに言うなら、先に進むしかあるまい。ルーシーが嫌だと言うのでなければ？」

ルーシーは、とても嫌だったのだが、口にした言葉は、「いいわ」だった。

「陛下、せめて明かりをつけるようにお命じくださいますか」と、ドリニアン。

「もちろんだ」と、カスピアン。「手配してくれ、船長。」

そこで三つのランタンが船尾、船首、マストの先につるされた。ドリニアンは、船の中央にふたつのたいまつをともすように命じた。たいまつは、日光のなかでは、ぼうっと弱々しく見えた。それから、下で漕いでいる者以外は全員、甲板に出て、完全武装で、剣を抜いて身がまえるよう命じられた。ルーシーとふたりの射手は戦闘楼にのぼって、弓に矢をつがえた。船乗りのライネルフは、水深を測るために船首で測り綱をたらした。リーピチープ、エドマンド、ユースタス、そしてカスピアンは、鎖帷子をきらめかせて、ライネルフのそばにいた。ドリニアンが、舵を取った。

「では、アスランの名にかけて、前進だ！」カスピアンがさけんだ。「ゆっくり、しっかり漕げ。そしてみんな、だまって、命令に耳をすましていろ。」

男たちが漕ぎはじめると、夜明けのむこう号は、ギシギシとうなりながら前へ進んだ。戦闘楼にのぼっていたルーシーには、船が暗闇に入ってゆく世にも不思議な瞬間が、はっきりとわかった。船首がすでに見えなくなっているのに、船尾には日光がまださしていた。その船尾が消えてゆくようすを、ルーシーは見守った。ある瞬間までは、船尾がきらめき、明るい日光のなかに、青い海も空もあったのだが、つぎの瞬間、海と空が消え、さっきまでさほど目立たなかった船尾のランタンだけが、船のおしりがどこであるかを示しているのだった。ランタンの前で、舵柄にしゃがみこんでいるドリニアンの黒い姿が見えた。ルーシーがのぼっているマストの真下では、ふたつのたいまつのおかげで、甲板の二か所が小さく見えていて、剣や兜が光にきらめいていた。前のほうの船首楼にも、光がぽつねんと、離れ小島のようにあった。それ以外は、ルーシーのすぐ頭上のマストのランタンに照らされた戦闘楼が、さびしい暗闇のなかにただよう小さな光の世界のように思えた。そして、へんな時刻に明かりをつけるとよくあるように、光自体も、不気味で不自然に見えた。しかも、かなり寒く感じられた。

暗闇のなかへの航海がどれほどつづいたのか、だれにもわからない。オール受けがきしみ、オールがしぶきをあげるのが、船が動いていることを示す唯一の手がかりだった。エドマンドは、船首から目をこらしたが、海面に映ったランタンの明かりしか見えなかった。それは、どろっとした感じの反射で、進んでいく船首が起こすさざ波も、重たくて、小さくて、生気がなかった。時がたつにつれ、漕ぎ手以外は、みんな寒さでふるえはじめた。

ふいに、どこからともなく――もはや方角の感覚など、だれにもなかった――さけび声がした。なにか人間ではないものの声か、あるいはほとんど人間らしさを失うほど恐怖の極限にいる人の声のようだった。

カスピアンが口を開こうとがんばっているとき――口がかわいて、声がすぐ出なかったのだ――リーピチープのするどい声が、その沈黙のなかで、いつもよりずっとひびきわたった。

「だれだ？　敵ならば、われらは恐れぬぞ。味方なら、そなたの敵に、われらのおそろしさを知らしめよう。」

「お慈悲を！」と、その声はさけんだ。「お慈悲を！　あなたがたがやはり夢であっても、どうか助けてほしい。私を船に乗せてくれ。たとえ殺されてもいい、連れていってくれ。あらゆる慈悲の名にかけて、どうか、私をこのひどい土地においてきぼりにしないでくれ。」

「どこにいる？」と、カスピアンが怒鳴った。「船に乗れ。歓迎するぞ。」

また声がした。よろこんでいるのか、おびえているのか、わからない。それから、だれかがこちらへ泳いでくるのがわかった。

「引っぱりあげる準備をしろ」と、カスピアン。

「アイアイ、陛下」と、船乗りたちが答えた。何人かが左舷の手すりにロープを持って集まり、ひとりが手すりから身を大きく乗り出して、たいまつをかかげた。ひどく取り乱した白い顔が、真っ暗な海面に現れた。よじのぼろうとするこの男を引っぱりあげようとして、十二本の親切な手がのばされ、この見知らぬ男を船の上へかつぎこんだ。

エドマンドは、こんなにすごい形相の人は見たことがないと思った。それほど年をとっているようには見えないのに、髪の毛は真っ白でぐちゃぐちゃになっており、顔はやせていて、ひきつっていた。そして服はと言えば、びしょびしょのぼろを巻きつけているだけだ。けれども、とくにものすごかったのは、その目だった。あまりに大きくかっと見開かれていて、まるでまぶたがないかのようで、とてつもない恐怖に苦しんだかのように、目の前を見すえているのだ。男は足が甲板についたとたんに、言った。

「逃げろ！　逃げろ！　船を出して、逃げるんだ！　漕げ、漕げ。この呪われた土地から、命がおしければ、漕いで逃げろ！」

「おりつきたまえ」と、リーピチープ。「そして、なにが危険なのかを教えたまえ。われらは、逃げるのに慣れていないのだ。」

見知らぬ男は、ネズミの声にぎょっとした。今まで気づいていなかったのだ。

「だが、ここから逃げることになるぞ」と、男はあえいだ。「ここは、夢が本当になる島なのだ。」

「それこそ、おれたちがずっとさがしていた島じゃないか」と、船乗りのだれかが言った。「ここにあがれば、おれ、ナンシーと結婚してるかも。」

「おれは、トムに生き返ってもらえるかもな」と、別の船乗りが言った。

「愚か者め！」と、男がさけんだ。怒りで足を踏み鳴らしている。「私も、そんなことを思ってここに来たが、おぼれ死ぬか生まれなければよかったと思うようになったのだ。わかるか？　ここは、夢が――いいか、夢だぞ――実現する、本当になるところなんだ。こうなったらいいなという夢じゃない。うなされる夢だ。」

ほんの一瞬の沈黙があり、それから、鎧をものすごくガチャガチャいわせながら、乗組員全員がドカドカと中央ハッチをおりて、大急ぎでオールにとびついて、こんなに漕いだことはないというほどの勢いでオールを漕いだ。ドリニアンは、舵柄を大きくまわし、甲板長は、いまだかつてない速さで漕ぐように命じた。というのも、みんなそれぞれに夢を――二度と眠りたくなくなるような悪夢を――思い出すのにほんの一瞬もかからなかったからだ。そして、そんなものが現実となる島に上陸したらどんなことになってしまうか、気づいたのだ。

リーピチープだけが、微動だにしなかった。

「陛下、陛下」と、リーピチープ。「この謀叛を、この臆病を、お許しになるのですか？　これはパニックだ。これは敗走だ。」

「漕げ、漕げ」と、カスピアンは怒鳴った。「命がけで漕げ。ドリニアン、船のむきはだいじょうぶか。リーピチープ、なにを言おうと勝手だが、人には、たちむかえないものがあるのだ。」

「では、私は、人でなくてようございました。」リーピチープは、とてもかた苦しいおじぎをして言った。

ルーシーは、マストの上でこの会話をすっかり聞いていた。一所懸命忘れようとしていた夢が、まるで今その夢からさめたかのように、すぐにはっきりと思い出された。つまり、その夢こそが、暗闇のなかの、あの島で現実となっているというわけだ。一瞬、ルーシーは甲板におりて、エドマンドやカスピアンのそばにいたいと思った。けれども、そんなことをしてどうなるというのだろう？　もし夢が本当になるのなら、エドマンドとカスピアンでさえも、ルーシーが会いに行く前におそろしいものに変わってしまうかもしれない。ルーシーは、戦闘楼の手すりをぎゅっとにぎりしめ、なんとかおちつこうとした。船は、光にむかって全速力で漕ぎもどっている。もう数秒で、暗闇をぬけ出せるはずだ。でも、ああ、今すぐぬけ出してほしい！

オールを漕ぐ音はかなりやかましくひびいていたが、船をとりまく大いなる静けさをやぶることはできなかった。みんな、暗闇からなにか聞こえてこないかと耳をすましたり、聞き耳をたてたりしないほうがいいとわかっていた。けれども、聞き耳をたてずにはいられないのだ。やがて、みんながなにかしらの音を聞いていた。しかも、聞こえた音は、それぞれちがったものだった。

「大きなはさみが、開いたり閉じたりしてるような、そんな音がしない？　あっちのほうで。」ユースタスは、ライネルフにたずねた。

「しいっ！」と、ライネルフ。「やつらが船のへりを這いあがってくるのが聞こえる。」

「マストに飛びついたぞ」と、カスピアン。

「うへえ！」と、ある船乗り。「どらの音がはじまった。そんなこったろうと思ったぜ。」

カスピアンは、なにも見ないようにして（とりわけうしろを見ないようにして）、船尾のドリニアンのところへ行った。

「ドリニアン」と、カスピアンはとても低い声で言った。「来るときどれくらい漕いだかな？――つまり、あの見知らぬ人を助けたところまで、どれだけ漕いだ？」

「五分くらいでしょう」と、ドリニアンはささやいた。「どうしてです?」

「だって、ここから出ようとしてそれ以上長く漕いでるからね。」

ドリニアンの手は、舵柄の上でふるえ、冷や汗がたらりと顔を伝った。船の上のみんなが同じことを考えていた。

「二度と出られないんだ。二度と出られない」と、漕ぎ手たちがうなった。「舵がおかしいんだ。おれたちはぐるぐる同じところをまわってる。二度と出られない。」それまで甲板の上でうずくまっていたあの見知らぬ男は、すわったまま背筋をのばして、おそろしい悲鳴のような笑い声をあげた。

「二度と出られない! そりゃそうさ。あたりまえだ。二度と出られないんだ。そんなにかんたんに逃がしてもらえるなんて考えたおれがばかだった。いやいや、二度と出られたりするもんか。」

ルーシーは、戦闘楼のはしに頭をもたせかけて、ささやいた。

「アスラン、アスラン、あたしたちのことを愛してくださるなら、どうぞ今お助けください。」

暗闇はうすらぐことはなかったが、ルーシーは少し、とてもかすかにだが、気分がよくなった。「なんのかんのと言っても、実際には、まだなにも起こっちゃいないんだわ」と、ルーシーは思った。

「見ろ！」ライネルフのしわがれた声が船首からひびいた。前方に小さな光の点があった。見る見るうちに、そこから、太い光線が船に注がれた。まわりの暗闇に変化はなかったが、船全体がサーチライトで照らされたようになった。カスピアンは目をしばたたかせ、あたりをじっと見つめ、仲間たちがみんな取り乱してうつろな顔をしているのを見た。だれもが同じ方向を見つめている。それぞれの背後には、くっきりとした黒いかげがのびていた。

ルーシーは、光の先を目で追って、やがてそのなかになにかを見た。最初、それは、十字架のように見え、それから飛行機のように見え、やがて空に浮かぶ凧（たこ）のように見え、ついに、翼を羽ばたかせて真上に来たのを見れば、それは、アホウドリだった。その鳥は、三度マストのまわりをまわってから、船首の金のドラゴンの頭に一瞬とまって、強くすてきな声で鳴いた。だれにも意味はわからなかったが、言葉のようだった。それから、鳥は翼をひろげ、舞いあがり、ゆっくりと前を、少し右のほうへ飛んだ。ドリニアンはそれがよい道しるべとなると疑わず、あとを追って舵を切った。けれども、ルーシーのほかは、だれひとり、アホウドリがマストのまわりをまわったとき、ルーシーに「勇気を出しなさい」とささやいたことも、その声がアスランの声にまちがいなく、声といっしょにすばらしい香りがルーシーの顔に吹きかけられたことも、知らなかった。

しばらくすると、暗闇は、前方で灰色になっていき、ようやっと希望がもてるかなとみんなが思いはじめたやさきに、船はパッと明るい日ざしのなかへ躍り出ていた。ふたたび、暖かくて青い世界にもどってきたのだ。ちょうどベッドに横たわって窓からさしこむ日ざしを感じ、早起きの郵便配達夫や牛乳配達人の陽気な声が階下から聞こえてきて「なんだ、夢だったんだ、本当じゃなかったんだ」と気づいて天にものぼらんばかりにうれしくなるように、目がさめてこんなにうれしいなら悪夢を見るのも悪くないと思えそうなくらい、暗闇から出てきたときみんなは晴れ晴れとした気持ちになっていた。船それ自体のまばゆさが、おどろきだった。なんとなく暗闇がねっとり、べっとりと、船の白や緑や金色にまとわりつくような気がしていたのだ。

ルーシーは、すぐに甲板に降りていった。甲板では、さっき船に乗せた男をみんながとりかこんでいた。長いあいだ、男はうれしさのあまり口がきけず、ただ海や太陽を見つめ、船べりやロープをさわって、夢ではないのかたしかめているようだった。そのあいだにも涙がほおを伝った。

「ありがとう」と、ついに男は言った。「おかげで助かった。もう少しで……いや、もう言うまい。さあ、あなたがたはだれなのか、教えてください。私は、ナルニア国のテルマール人だ。そして、かつて身分があったときには、ループ卿と呼ばれていた。」

「私はナルニアの王、カスピアンだ。わが父の友であったあなたとそのお仲間をさがしにまいった。」

ループ卿は両ひざをついて、王の手に口づけをして言った。「陛下、あなたこそ、私がこの世で最もお会いしたかった人物です。どうかおねがいをさせてください。」

「なにかな」と、カスピアン。

「私が暗闇島で何を見たのか、おたずねにならないでください。また、たずねてはならないと、ほかの者たちにもお命じください。」

「おやすい御用だ、ループ卿」と、カスピアンは答えて、びくっと身を震わせた。「たずねようなんて思いもしない。わが財宝をすべて失っても、聞きたくないね。」

「陛下」と、ドリニアン。「この風は、南東へむかうにはいい風です。部下たちを上へあげて、帆を張りましょうか。そのあとで、休める者から、ハンモックで寝かせたいと思います。」

「そうだな」と、カスピアン。「それから全員に、ラム酒の水割りをふるまってくれ。やれやれ、十二時間ぶっつづけで寝られそうだよ。」

こうしてその午後はずっと、大いなるよろこびとともに、船は順風を受けて南東へ進み、暗い闇のかたまりは後方にどんどん小さくなっていった。けれども、アホウドリがいつ消えたのか、知っている者はだれもいなかった。

第十三章

眠る三人

風はやんでしまうことはなかったが、日ごとにおだやかになり、波がついにさざ波となって、船はまるで湖の上を走るかのように、すうっと、どこまでもすべっていった。毎晩、東の空には、ナルニアでは見かけたことのない新しい星座がのぼった。きっとこれまでどんな人間も見たことがない星だろう。そう思うと、ルーシーは、うれしさとこわさとをともに感じた。新しい星々は大きくて明るく、夜は暖かだった。たいていの人たちは甲板で眠り、夜おそくまで話していたり、船首がかきわける波の泡が光を放って躍るようすを、船べりから身を乗り出して見守ったりしていた。

おどろくほど夕日がきれいなある夕方のことだ。背後の夕日が空を真紅とむらさきに染め、どこまでもずっとその色がのびていたので、空そのものもずっと大きく思えたそのとき、右舷前方に陸が見えてきた。ゆっくりと近くなってくるその新しい島の岬や崖は、みなの背後からさす光のせいで、真っ赤に燃えているように見えた。けれども、その岸に沿って航行してゆくと、やがて船の後方にまわった西の岬が、夕焼け空を背景に厚紙から切りぬいたように黒々とくっきりと浮かびあがり、この島の地形がはっきりわかった。山はなく、なだらかな丘がいくつも、まくらのように連なっていた。おいしそうなにおいがしてくる。ルーシーが「ぼんやりとした、むらさきっぽいにおい」と言うと、エドマンドは「なんじゃ、そりゃ」と言った（ラインスもそう思った）が、カスピアンは、「うん、わかるよ」と言ってくれた。

岬から岬へと、かなり長いあいだ船を走らせ、船を泊めるのに適した深い入り江をさがしたのだが、結局、広くて浅い入り江に船を入れざるを得なかった。沖からは海はおだやかに見えていたが、もちろん砂浜に打ち寄せる波はあり、船をあまり岸に寄せて停められない。砂浜からずっと離れたところにいかりをおろし、一行はボートに乗って、ぬれて、ころがりこむように上陸した。ループ卿は、夜明けのむこう号にとどまった。もう島はこりごりだと言うのだ。一行がこの島にいるあいだ、くだける波の音がずっと聞こえていた。

カスピアンは、ボートを見張るためにふたりだけ残し、ほかの者を連れて島のなかへ入った。探検するには時間がおそく、もうすぐ日も暮れるので、あまり遠くへは行かなかったが、遠くまで行かずとも、冒険が待っていた。入り江の奥にあった平たい谷には、道もなければ、なにかが通ったあともなく、人が住んでいるようすはなかった。地面はきれいなふかふかの芝生で、あちこちに低いしげみのような草が生えていた。エドマンドとルーシーは、ヒースだと思ったが、植物にかなりくわしいユースタスは、ヒースじゃないと言った。おそらくユースタスが正しいのだろうが、かなり似た植物だった。

海岸から矢を放ってもじゅうぶん届くあたりまでしか行かぬうちに、ドリニアンが「見ろ！　なんだ、あれ？」と言ったので、みんなは足をとめた。

「大きな木かな？」と、カスピアン。

「塔じゃないか？」と、ユースタス。

「巨人かもしれないよ」と、エドマンドが小声で言った。

「はっきりさせるには、行って見るにかぎります」と、リーピチープは言うと、剣を抜いて、先頭を切って走りだした。

「廃墟(はいきょ)だと思うわ」と、ルーシーがかなり近くまで来たとき言った。今まで言われたなかで、ルーシーの予想がいちばん当たっていた。そこは、すべすべした敷石がしきつめられた、広い長方形の場所で、灰色の柱にかこまれているが、屋根はない。はしからはしまでにおよぶ長いテーブルがあり、りっぱな真紅のテーブルクロスは、敷石につきそうなくらい、たれさがっていた。テーブルの両側には、すばらしい彫刻の施された石の椅子がたくさんならんでいて、座面には絹のクッションが置いてあった。テーブルの上には、見たこともないほどすばらしいごちそうがならんでいる。最大の王ピーターがケア・パラベルを宮廷としていたときでも、こんなごちそうは出なかった。七面鳥に、ガチョウに、クジャクがあった。イノシシの頭に、鹿のばら肉があった。帆をいっぱいに張った船の形のパイに、ドラゴンやゾウの形のパイがあり、アイス・プディング、明るい色のロブスター、きらめくサーモンがあり、ナッツやブドウ、パイナップルに桃、ザクロ、メロン、トマトもあった。金杯、銀杯、巧みに作られたグラスがあり、くだものやワインのにおいが、あらゆるしあわせを約束するかのように、ただよっていた。

「まあ！」と、ルーシー。

みんなは、とても静かに、じりじりとテーブルに近寄っていった。

「だけど、お客はどこ？」と、ユースタス。

「私たちがお客になればいいのです」と、ラインス。

「見て！」エドマンドがするどい声を出した。みんなは今や、柱の列の内側におり、敷石の上に立っていた。みんなは、エドマンドが指さすところを見た。すべての椅子がからっぽなのではなかった。テーブルのはしの席と、その両側のふたつの席には、なにかがあった。三つのなにかが。

「なあに、あれ？」ルーシーがささやいた。「三匹のビーバーさんがすわってるみたい。」

「巨大な鳥の巣って感じだよ」と、エドマンド。

「ぼくには、干し草の山みたいに見えるけどね」と、カスピアン。

リーピチープが走りだし、椅子にとび乗り、テーブルにとびうつり、宝石のついたコップやフルーツの山や象牙の塩入れのあいだを、ダンサーのように軽やかな足どりで駆けぬけていった。そして、テーブルのはしの、奇妙な黒っぽいかたまりの前まで来ると、目をこらし、さわってみて、それから大声で言った。

「こいつらは、戦いません。」

みんなは近寄って見た。三つの椅子にすわっているのは、三人の男だった。ただ、よく見ないと、そうとわからない。白髪になった髪が顔をかくさんばかりにのびているうえに、ひげもテーブルじゅうにのびていて、イバラが塀にからむように、ひげが皿やワイングラスにからまりついており、最後には大きな毛のかたまりとなって、テーブルのはしから床までたれていた。頭からは髪の毛が椅子の背をおおってたれさがっていたから、三人はほとんど髪にかくれていたのだ。実のところ、髪の毛とひげのかたまりそのものと言ってもよいくらいだった。

「死んでいるのか？」と、カスピアン。

「そうではなさそうです、陛下」と、リーピチープはその両の前足で、もじゃもじゃの髪のなかから男の手を一本もちあげながら言った。「この人は温かく、脈があります。」

「この人も、そしてこの人もそうだ」と、ドリニアン。

「じゃあ、寝てるだけなんだ」と、ユースタス。

「でも、長い眠りだね」と、エドマンド。「こんなに髪がのびるなんて。」

「魔法にかかって眠っているんだわ」と、ルーシー。「この島にあがったとき、魔法でいっぱいだと感じたもの。ああ！　ひょっとしたらこの魔法を解くために、あたしたち、来たんじゃないかしら？」

「やってみよう」と、カスピアンは言って、いちばんそばにいた男をゆさぶった。男が大きく息を吸って、「もう東へは行かない。ナルニアへむけて、漕ぎかた用意」とつぶやいたので、うまくいきそうに思えたが、男はまたすぐ、さっきより深く眠ってしまった。その頭はテーブルのほうへさらに数センチ重くしずみ、もう一度起こそうとしてもだめだった。ふたりめの男も似たようなもので、「獣のように生きるなど、まっぴらごめんだ。チャンスがあるかぎり、東へ行け。太陽のかなたの土地へ」と言うと、がくんと首をたれてしまった。三人めはただ、「マスタードをくれ」と言って、ぐっすり寝てしまった。

「ナルニアへむけて、漕ぎかた用意、だと？」と、ドリニアン。

「そうだ」と、カスピアン。「きみの考えているとおりだ、ドリニアン。われらが捜索もこれでおわりだ。この人たちの指輪を見てみよう。やっぱりそうだ。例の貴族たちの紋章だ。これはレヴィリアン卿。こちらはアルゴズ卿。そして、これはマヴラモーン卿だ。」

「でも、起きてくれないわ」と、ルーシー。「どうする?」

「失礼ながら」と、ラインス。「話をしながらでも食事にしてはどうでしょうか。こんなごちそうは、ふだんお目にかかれるものではありません。」

「命がおしくば、食べるな!」と、カスピアン。

「そうだ、そうだ」と、何人かの船乗りが言った。「ここには魔法が多すぎる。早く船にもどったほうがいいぜ。」

「おそらく、この三人の貴族が七年の眠りに落ちたのは、この食事を口にしたせいでありましょう」と、リーピチープ。

「命がおしいので、手をふれないことにします」と、ドリニアン。

「妙に早く暗くなってきたぜ」と、ライネルフ。

「船にもどろう、船にもどろう」と、船乗りたちがぶつぶつ言った。

「そうだね」と、エドマンド。「三人の貴族たちのことは、明日決めればいいよ。食事はしないほうがいいし、ここで夜を越すわけにもいかないしね。この場所全体に、魔法と危険のにおいがするよ。」

「私も、エドマンド王の意見に賛成です」と、リーピチープ。「船乗りたちはそうするのがよろしいでしょう。しかし、私は夜明けまでこのテーブルにおりましょう。」

「どうして？」と、ユースタス。

「なぜなら」と、リーピチープ。「これぞまさしく冒険だからです。臆病風に吹かれて謎に背をむけてしまったなどと、ナルニアに帰って後悔するくらいなら、いかなる危険もものの数ではございません。」

「ぼくも残るよ、リーピ」と、エドマンド。

「ぼくも」と、カスピアン。

「あたしも」と、ルーシー。すると、ユースタスも自分から残ると言った。これはユースタスにしては、かなり勇気ある行動だった。なにしろ、夜明けのむこう号に乗りこむまでは、こんな冒険の話など聞いたこともなければ読んだこともなかったのだから、ほかの子たちよりもずっとたいへんな決断だったのだ。

「どうか、陛下」と、ドリニアンが言いはじめた。

「だめだ、ドリニアン」と、カスピアン。「きみの持ち場は船だ。それにぼくら五人がぶらぶらしていたあいだに、きみは一日じゅう働いていた。」このことでかなり議論になったが、結局カスピアンの言うとおりにすることになった。夕闇せまるころ、船乗りたちが砂浜へ出ていくと、それを見守っていた五人は、たぶんリーピチープは別として、みんなゾクゾクッと背筋が凍る思いがした。

みんなは、この危険なテーブルの、あいた席のどこにすわろうかと、しばらく時間をかけて選んだ。おそらくみんな同じことを考えていたのだが、だれも口に出しては言わなかった。というのも、どの席を選ぶかは、かなりやっかいだったからだ。このひどくもじゃもじゃの三人のとなりに一晩じゅうすわるなんて、とてもたえられない。死んでないとしても、ふつうの意味で生きてはいないのだから。かといって、反対側のはしにすわったら、夜がどんどんふけてくると、暗くて、もじゃもじゃ男たちが動いているのかどうかわからなくなり、夜中の二時ごろにはまったく反対側が見えなくなっていることだろう。いや、考えただけでもぞっとする。そこで、みんなはぶらぶらとテーブルをまわりながら、「ここはどうかな？」とか、「もうちょっとむこうにしようか」とか、「こっち側はどう？」などと言って、ようやくまんなかあたりに腰をおちつけたのだ。反対側のはしよりは、もじゃもじゃ男たちに近いほうだ。もう夜の十時で、あたりはかなり暗くなっていた。例の不思議な、見たことのない星座が、東の空にかがやいていた。ルーシーは、ヒョウ座や船座みたいなナルニアのなつかしい星座だったらよかったのになあと思った。

みんなは、船で着る防水マントに身をつつんで、すわってじっと待った。最初、話をしようとしてみたが、うまくいかなかった。みんなは、ただすわりにすわった。そのあいだずっと、波が砂浜に寄せてはくだける音がしていた。

何時間もたつと——何年もたったかのように思えた——みんなはちょっとうとうと

として、急にはっきり目がさめた。星が、さっき見えていたのとはかなりちがう位置にある。空は、東のほうに灰色っぽいところがうっすら見える以外は、真っ黒だった。寒かったが、暑いときのようにのどがからからで、体がこわばっていた。だれも口をきかなかった。今ついに、なにかが起こっていたからだ。

みんなの前、柱がならぶむこうに、低い丘の斜面があり、その斜面にあるドアが開いて、そこから光がもれてきて、人かげが現れ、その背後でドアが閉まったのである。その人は明かりを持っていて、その光だけがはっきりと見えた。それはゆっくりとこちらへ近づいてきて、とうとうテーブルをはさんだすぐむこう側までやってきた。そこまで来ると、それが、すらりとした若い女性だとわかった。両腕を出した、そでのない晴れやかな青いドレスを着ていた。頭にはなにもかぶっておらず、金色の髪が背中にたれている。みんなは、この人を見たとき、美しいとはどういうことかこれまでわかっていなかったと思った。

女性が持っていた光は、銀の台に載った長いろうそくの光で、女性はそれをテーブルに置いた。その夜、海風が吹いていたら、ろうそくはとっくに消えていただろう。まるで窓が閉められてカーテンが引かれた部屋のなかで、じっとまっすぐに燃えているような炎だった。テーブルの上の金や銀の食器が、きらきらときらめいた。

ルーシーは、このとき、テーブルの上に長いものが横たわっていることに気づいた。

今までそんなものがあるとわからなかったが、それは石のナイフだった。鋼のように鋭く、見るからにおそろしく、古そうだった。

まだだれもひとことも言わなかった。すると、まずリーピチープが、それからカスピアンが、そして全員が立ちあがった。この人はりっぱな身分の女性だと感じとったからだ。

「アスランのテーブルに、遠くからいらした旅のかたがた、」と、女性は言った。「どうしてめしあがらないのですか？」

「姫君」と、カスピアン。「われらの友人たちが魔法の眠りに落ちたのは、この食べ物のせいではないかと思うからです。」

「このかたがたは、ひと口もめしあがっておりませんよ。」

「教えてください」と、ルーシー。「なにがあったのですか？」

「七年前、この三人は、帆がぼろぼろにやぶれて、今にもこわれそうな船でここへいらっしゃいました。ほかにも数名、船乗りがいたのですが、三人だけがこのテーブルに来ると、まずひとりが言いました。『ここはいいところだ。帆を張ったりたたんだり、漕いだりするのはもうやめて、ここにすわって、平和に暮らして死ぬまでここにいよう！』ふたりめが言った。『いや、船にもどって、ナルニアを目指して西へ進もう。もうミラーズは死んでいるかもしれないぞ。』けれども、三人めの、とてもいばった男がとびあがって言いました。『とんでもない。おれたちは人間で、テルマール人で、獣ではない。冒険につぐ冒険をしないで、どうする？　いずれにせよ長くは生きられない。日の出のむこうの、人のいない世界をさがし求めて余生をすごそうではないか。』三人が口論となると、三人めがこのテーブルの上にあった石のナイフを取りあげ、仲間と戦おうとしました。しかし、それは、その人がさわってはならないものだったのです。柄をにぎったとたんに、三人に深い眠りが訪れました。魔法が解けるまで、三人の目がさめることはありません。」

「この石のナイフは、なんなのですか」と、ユースタス。

「だれも、ご存じありませんか？」と、姫君が言った。

「あたし――たぶん――前に、こんなのを見たことがあるわ」と、ルーシー。「ずっと前に、白の魔女が石舞台でアスランを殺そうとしたときに使ったナイフに似てる。」

「そのナイフです」と、姫君。「そして、この世がつづくかぎり、あのできごとを記念するために、ここに持ってこられたのです。」

今の話を聞きながら、だんだんおちつかないようすになっていたエドマンドが、ついに言った。

「いいですか。ぼくは、この食べ物を食べることについて、臆病風に吹かれたくはないけれど――だけど――どうか失礼だと思わないでください。でも、ぼくらは、とて

も不思議な冒険をたくさんしてきて、ものごとはかならずしも見えたとおりのもので
ではないとわかったんです。あなたの顔を見れば、あなたの言うことを信じたくなりま
す。でも、それって、相手が魔女だって同じことなんです。あなたが味方だと、どう
してわかるんですか？」

「わからないでしょう」と、姫君。「信じるか、信じないか、だけしかありません。」
しばらくみんながだまったあと、リーピチープの小さな声がした。

「陛下」と、リーピチープはカスピアンに言った。「どうか、あの瓶から、私にワイ
ンをついでいただけないでしょうか。私には、重たくて持ちあげられませんので。私
は、この姫君に乾杯いたします。」

カスピアンは言われたとおりにしてやり、リーピチープは、テーブルの上に立って、
小さな前足で金杯をささげて言った。

「姫君のご健康を祝して。」それからリーピチープは、冷めたクジャク肉を食べはじ
めた。すぐに、みんなもまねをした。全員おなかがぺこぺこだったし、この食事は、
こんなに朝早くの朝食にふさわしくないとしても、夜おそい食事としてみれば、すば
らしいごちそうだった。やがて、ルーシーがたずねた。

「どうして、これをアスランのテーブルと呼んでいるのですか？」

「アスランの命令によって、遠くからいらしたかたのために準備されているからです

よ」と、姫君。「この島をこの世の果てと呼ぶ人もいます。もっと先へ行くこともできますが、ここがこの世の果てのはじまりだからです。」

「でも、どうして食べ物がくさらないのかな？」現実的なユースタスがたずねた。

「食べおえたら、毎日新しくしているのですよ」と、姫君。「あとで、おわかりになるわ。」

「この眠っている人たちをどうしたらよいでしょう？」と、カスピアン。「ぼくの友だち（と言いながら、カスピアンはユースタスやペベンシー兄妹のほうにうなずいてみせた）がいた世界では、だれもが魔法の眠りにかかっているお城に王子や王さまがやってくる物語があります。その物語では、王子がお姫さまにキスをするまで、魔法は解けないんです。」

「けれど、ここでは、ちがいます」と、姫君。「ここでは、魔法が解けないかぎり、お姫さまにキスができないのですよ。」

「では、アスランの名にかけて、魔法をただちに解く方法を教えてください」と、カスピアン。

「わが父が、お教えするでしょう」と、姫君。

「お父上だって！」と、みんなが言った。「それは、どなたですか。どこにいらっしゃるんですか？」

「ごらんなさい」と、姫君はふり返って、丘のドアを指さした。こんどは、さっきよりはっきりと、ドアが見えた。おしゃべりをしているあいだに、星々がかすんでいき、うす暗い東の空にいくつもの裂け目ができて、そこから白い光がもれはじめていたからだ。

第十四章

この世の果てのはじまり

ふたたびドアがゆっくりと開き、姫君ほどやせてはいないが、同じぐらいの背たけで、背筋のまっすぐな人が出てきた。明かりは持っていなかったが、その人から光がさしていた。こちらへ近づいてくるのを見て、ルーシーは、おじいさんだわと思った。銀色の長いひげが、はだしの足もとまでたれていて、背中にたれた銀色の長い髪は、かかとに届くほどだった。たけの長い服は、銀色の羊毛でできているようだった。とてもおだやかで、重々しかったので、みんなはもう一度立ちあがり、立ったまま、だまっていた。

しかし、おじいさんは、みんなに話しかけることなく近づいてきて、娘と反対側のテーブルのはしに立った。それからふたりは、前に両手をさしのべ、顔を東へむけると、その方角にむかって歌いはじめた。歌詞を書き記したいところだが、そこにいただれも、歌詞を覚えていられなかった。ルーシーはあとになって、それは、とても高い、ほとんど金切り声に近いけれども、とても美しい「ひんやりした感じの、朝早い感じの歌だった」と話している。ふたりが歌うと、東の空の灰色の雲が消えてゆき、雲のあいだから見える白い光の筋がどんどんひろがって、空全体が真っ白になり、海は銀色に光りはじめた。かなりたってから（そのあいだも、ふたりは歌いつづけた）、東の空は赤くなり、ついに雲ひとつなくなって、海から太陽が顔を出した。その水平に長くさしこむ光は、テーブルのはしからはしまでを照らし、金銀の食器や石のナイフに当たった。

みんな、これまでにも一度か二度、この海で見る日の出の太陽が、ナルニアで見る朝日よりも大きいのではないかと思ったことがあったが、今それがたしかになった。まちがいなく大きいのだ。しかも、朝露やテーブルに注がれる太陽光のまぶしさときたら、これまでに目にしたどんな朝日をもはるかにしのぐものだった。エドマンドは、あとでこう話していた。

「あの旅では、最高にわくわくするようなことがたくさんあったけど、あの瞬間がいちばんわくわくしたよ。」それというのも、ついに、自分たちがこの世の果てのはじまりまで本当にやってきたとわかったからだ。

それから、朝日のちょうどまんなかから、こちらへむかってなにかが飛んできたように思えた。しかし、もちろん、太陽のほうをじっと見すえてたしかめることはできない。やがて、あたり一面に声が満ちた――その声は、姫君とその父が歌っていたあ

の歌をいっしょになって歌っているのだが、ずっと荒々しく、その言葉はだれにもわからなかった。しばらくして、その声の持ち主たちの姿が見えてきた。大きくて白い鳥の群れだ。何百羽も何千羽もいて、あちこちに舞いおりた。草や、敷石や、テーブルの上、みんなの肩や手や頭の上にもとまっている。まるで大雪が降ったかのようだ。雪のように、なにもかもを真っ白にするのみならず、あらゆるものの形をわからなくしてしまうのだ。けれども、ルーシーは、自分の顔をおおう鳥たちの翼のあいだから、一羽の鳥がくちばしになにかをくわえて、さっきのおじいさんのもとへ飛んでいくのを見た。それは、小さなくだもののようだったが、あまりにまぶしくて見ていられないほどだったから、燃えている小さな石炭だったかもしれない。鳥は、それをおじいさんの口に入れた。

それから、鳥たちは歌うのをやめ、テーブルでなにやらいそがしくしはじめた。鳥たちがテーブルから飛びたつと、テーブルにあった飲み物や食べ物は、すべてあとかたもなく消えていた。鳥たちは何百、何千と群れをなして、骨や皮や貝殻といった食べられないものもすっかり持ちさり、また朝日へともどっていったのだ。ところが、こんどは歌っておらず、その翼を羽ばたかせる音が空気全体をゆらすように思えた。そして、テーブルの上はつつかれて、きれいさっぱりなにもなくなって、三人のナルニアの貴族だけがぐっすり眠っているのだった。

さて、とうとうおじいさんがこちらをむいて、歓迎の挨拶をした。

「どうか、この三人のナルニアの貴族たちを眠らせている魔法を解く方法を教えてくださいませんか」と、カスピアンが言った。

「よろこんで教えてしんぜよう、息子よ」と、おじいさんが言った。「この魔法を解くには、この世の果てまで、あるいはそこに近づけるぎりぎりのところまで、航海しなければならん。そして、そこに、仲間のうち少なくともひとりを置いてこなければならない。」

「その者はどうなるのですか」と、リーピチープ。

「その者は、完全なる東の世界へ入り、二度とこの世にもどってくることはない。」

「それこそ、わが望むところであります」と、リーピチープ。

「ここは、この世の果てのすぐそばなのですか？」と、カスピアン。「ここよりも東の海や陸のことをなにかご存じですか？」

「ずっと昔に見たことがある」と、おじいさん。「けれど、とても高いところからだった。船乗りが知りたいようなことを教えてやることはできん。」

「空を飛んでたってことですか？」ユースタスが、思わず聞いた。

「わしは、空気のあるところよりもずっと上におったのだよ、息子よ」と、おじいさん。「わしは、ラマンドゥだ。しかし、たがいに顔を見あわせているようすを見ると、この名を聞いたことがないらしい。それも不思議ではない。わしが星であった時代は、そなたらがこの世を知るずっと前におわっておるでな。それ以来、星座もすっかり変わってしもうた。」

「うわあ」と、エドマンドが声をひそめて言った。「この人、昔は星だったんだ。」

「もう星じゃないんですか」と、ルーシー。

「わしは星だが、今はお休みしているのだよ、娘よ」と、ラマンドゥは答えた。「わしが最後に空からしずんだとき、よぼよぼになって、もうだれだか見分けがつかないほど老いぼれていて、この島に運ばれたのだ。今は、そのときほど年をとってはおらん。毎朝、鳥が、太陽の谷から炎の実を運んでくれて、ひとつ食べるごとに若返るでな。そうして、きのう生まれたばかりの赤子ほど若くなったら、また空にのぼるのだ。

(ここは地球の東の果てだからな。)そしてまた、偉大な踊りをおどるのだよ。」

「ぼくらの世界だと」と、ユースタス。「星っていうのは、燃えるガスでできた巨大な球体なんだけど。」

「そなたの世界においても、星とはそのようなものではない。ただそのようなものからできているだけだ。そなたら、お休みしている星なの?」と、ルーシー。

「あの人も、お休みしている星なの?」と、ルーシー。

「いや、少しちがう」と、ラマンドゥ。「あの男がぼんくらさんたちを支配するようになったのは、休みとしてではなかった。あれは、ばつのようなものだ。なにもかもうまくいっていれば、あの男は南の冬空であと一千年は、かがやきつづけたはずなのだ。」

「あの人は、なにをしてしまったのですか？」と、カスピアン。

「息子よ」と、ラマンドゥ。「星がどのような失敗をやらかすかは、アダムの息子であるそなたの知るべきことではない。とにかく、来なさい。こんなむだ話をしている場合ではない。もう決心はついたかね。さらに東へ船を進め、ひとりを置いてもどってきて、魔法を解くつもりかね。それとも西へ帰るかな。」

「もちろん、言うまでもありません」と、リーピチープ。「この三人の貴族を魔法から救うことは、われらが冒険の目的でもあるのですから。」

「ぼくもそう思うよ、リーピチープ」と、カスピアン。「かりにそうでなかったとしても、夜明けのむこう号が行けるところまで――この世の果ての近くまで――行かなかったとしたら、ぼくはくやしくてたまらないだろう。だけど、ぼくは乗組員のことを考えているんだ。みんな、七人の貴族たちをさがそうと船に乗りこんだのであって、この世の果てに行く約束はしていない。ここから東へ航海すれば、完全なる東の果てを見出すことになるだろう。それがどれほど遠くなのか、だれにもわからない。みんな勇敢な連中だが、この航海にうんざりして早くナルニアに帰りたがっている者もいるようだ。みんなに説明して同意が得られなければこれ以上先へは行けない。それに、気の毒なループ卿もいる。あの人は、すっかりうちひしがれている。」

「息子よ」と、星が、つまりラマンドゥが言った。「たとえそなたがそのつもりでも、行く気のない者やどこへむかっているかわかっていない者たちとともにこの世の果てへ航海しようとしたところで、意味はない。それでは、偉大なる魔法を解くことはできん。全員がどこへ行くのか、なぜ行くのかわかっていなければならない。だが、そなたの言う、うちひしがれた人とは何者かね？」

カスピアンは、ループ卿の話をラマンドゥにした。

「その者が最も必要なものを与えてしんぜよう」と、ラマンドゥ。「この島には、果てしない眠りがある。どんなかすかな夢のかけらも入りこまない眠りだ。その者をこの三人のとなりにすわらせ、そなたらがもどるまで、忘却の眠りにつかせなさい。」

「ああ、そうしましょうよ、カスピアン」と、ルーシー。「きっと、あの人もそうしたがると思うわ。」

そのとき、たくさんの足音や声がして、話が中断された。ドリニアンと船の乗組員たちがやってきたのだ。みんなは、ラマンドゥとその娘を見て、おどろいて足をとめ、それから、ふたりが明らかにりっぱな人たちだとわかって、みんな帽子をぬいだ。テーブルの上のからっぽの皿やからっぽのワイン瓶を見つけて、くやしがった船乗りも何人かいた。

「船長」と、カスピアンはドリニアンに言った。「夜明けのむこう号へ使いをふたりやって、ループ卿に伝言を届けてほしい。卿がかつていっしょに船旅をした仲間たちがここに眠っている。夢のない眠りゆえ、ループ卿もまたその眠りに加わることができると、伝えてくれ。」

使いが出ると、カスピアンはほかの者たちをすわらせ、状況をくわしく説明した。話しおえると、長い沈黙があって、ささやき声がして、やがて弓矢隊長が立ちあがって言った。

「陛下、これまでずっとおうかがいしたかったのは、いつ故郷へ帰るにせよ、帰ろうというときに、どうやって帰れるのかということです。ときどき凪がありましたが、西風と北西の風ばかり吹いています。風むきが変わらないのであれば、どうやって西のナルニアをふたたび見る望みがあるのか、知りたいのです。漕いで帰るとしたら、たくわえが底をつく恐れがあります。」

「そりゃ、海を知らない陸の人間の言うことだ」と、ドリニアン。「夏のおわりには、このあたりの海ではずっと強い西風が吹くが、年を越すといつも風むきが変わる。西へ進むだけの十分な東風が吹くはずだ。話によれば、嫌というほどの強風だそうだ。」

「そのとおりだ、船長」と、ガルマ島生まれの老いた船乗りが言った。「一月、二月には、東からかなりひどい嵐がやってくる。そして、失礼ながら、陛下、もしわしがこの船の船長なら、ここで冬を越して、三月に帰りの船を出すね。」

「ここで冬を越すあいだ、なにを食べるの?」と、ユースタス。

「このテーブルは、」と、ラマンドゥ。「毎日夕暮れどきに王さまが食べるにふさわしいごちそうでいっぱいになる。」

「そいつは、いいや!」と、何人かの船乗りたちが言った。

「陛下がた、紳士淑女のみなさん」と、ライネルフ。「ひとつだけ申しあげたいことがある。この旅に無理やり連れてこられた者はひとりとしていない。みんな自分から進んで参加したのだ。今ここに、あのテーブルをじっと見つめて、王さまのごちそうのことを考えている連中がいるが、彼らもまたケア・パラベルから出航した日には、冒険のことを声高に話し、この世の果てを見るまでは帰ってくるもんかとまで大口をたたいた手合いだ。そしてまた、岸壁からわれらを見送りながら、すべてをなげうってでもこの船に乗りたかったとねがっていた者もいた。あのときは、騎士の帯をしめるより、夜明けのむこう号のボーイの寝床をもらえたほうがずっといいと思われていたものだ。私の言っていることをご理解いただけるかわからないが、申しあげたいのは、あれだけ意気揚々と出発したわれわれが、家に帰って、この世の果てのはじまるところまではたどりついたが、それ以上は行く勇気がなかったなどと言うのは、まるで――ぼんくら足のように――おろかしく見えるであろうということだ。」

これを聞いて歓声をあげる船乗りたちもいたが、それは正論にすぎないと言う者もいた。

「こいつは、どうもうまくないね」と、エドマンドはカスピアンにささやいた。「連中のうち半分がしりごみしたら、どうする？」

「待ってくれ」と、カスピアンがささやき返した。「まだ切り札がある。」

「あなた、なにか言わないの、リーピ？」と、ルーシーが耳打ちした。

「いいえ。女王陛下はなぜそのようにおっしゃるのでしょう？」と、リーピチープはたいていの人に聞こえる声で言った。「私の計画はすでにできております。あたうかぎり、夜明けのむこう号にて東へ進むのです。船がだめなら、かご舟を漕いで東へむかいます。それもしずんだら、前足とうしろ足で泳いでいきます。そして、泳げなくなって、アスランの国にたどりつけず、この世の果てにかかる巨大な滝に流されでもしたら、この鼻を朝日にむけてしずんでゆきましょう。さすれば、リーピチープは、ナルニアの物言うネズミのなかのネズミであったと言われましょう。」

「そうだ、そうだ」と、ひとりの船乗りが言った。「かご舟には乗れねえから、そこんとこはちょいとちがうが、おいらも同意見だ。」男は、低い声で言い足した。「ネズミなんかに負けてたまるか。」

このとき、カスピアンがさっと立ちあがった。

「諸君。諸君は、われらが目的をよく理解していないようだ。まるでわれわれが諸君のところへ、帽子を手にかかえて、この先も船に乗ってくださいとおねがいしてまわっているような口ぶりだが、そんなことはまったくない。われわれと、わが王族の兄妹、そしてその親戚と、よき騎士であるサー・リーピチープ、それにドリニアン卿は、この世の果てへ行く使命がある。そこへ行ってみたいと思う諸君のなかから、そのような気高い冒険にふさわしい仲間を選ばせてもらおうというのだ。行きたければだれでも行けるというわけではない。それゆえに、ドリニアン卿とラインス副船長に命じて、諸君のなかで戦いに強い者はだれか、最も腕のよい船乗りはだれか、最も心清く、われらに最も忠実なる者はだれか、最も品行方正なる者はだれかを注意深く選んでもらうことにしたのだ。そしてその名前を、表にして提出してもらう。」カスピアンは言葉を切り、間をあけてから、一気にこうさけんだ。「アスランのたてがみにかけて！　諸君は、この世の果てを見る特権がかんたんに手に入ると思うのか。よいか、われらとともに来る者はいずれも、夜明けのむこうにある光の国に踏み入らんとしたあ者としての称号を子々孫々まで残し、帰りの船旅の末にケア・パラベルに上陸したあかつきには、生涯裕福となるだけの金か土地が与えられよう。さあ、島じゅうにちらばるがよい、みなの者。三十分後に、私はドリニアン卿から名簿を受けとるのだ。」

船乗りたちは、みんな弱気になったのかだまりこくり、それからおじぎをして、あちらこちらへと立ちさった。たいていは、小さなかたまりとなって、話をしていた。

「さて、ループ卿の件にかかろう」と、カスピアン。

けれども、テーブルのはしをふり返ってみると、ループ卿はもうそこにいた。今の話し合いがなされているあいだに、だれにも気づかれずにそっとやってきて、アルゴズ卿のとなりにすわっていたのだ。ラマンドゥの娘が、まるで卿がその椅子にすわるのに手を貸したかのように卿のとなりに立っていた。ラマンドゥが卿のうしろに立ち、両手をループ卿の白髪頭に置いた。日光のなかであっても、かすかな銀の光がラマンドゥの両手から出ているのがわかった。ループ卿のつかれた顔には、ほほ笑みがあった。卿は片手をルーシーに、もう片手をカスピアンにさしのべた。しばらくのあいだ、卿はなにか言おうとするようだった。それから、すばらしい感覚を味わっているかのように、ほほ笑みはかがやく至福の表情に変わり、満足そうに長いため息をもらし、頭をたれて、眠ってしまった。

「お気の毒なループ卿」と、ルーシー。「よかったわ。ひどいめにあってらしたみたいだもの。」

「そのことは考えるのもやめておこうよ」と、ユースタス。

いっぽう、カスピアンの演説は、おそらく島の魔法に助けられたのだろう、思ったとおりの効果を発揮していた。大多数の船乗りたちは、なんとかこの航海からぬけ出したいと思っていたものの、航海から取り残されるとなると、これはたいへんだとあわてだした。そしてもちろん、だれかひとりが航海への参加を申しこむことにしたと声をあげるたびに、まだ決心ができていない連中は、自分たちがますます少数派になってきたと感じて、居心地の悪い思いをしたのだ。そのため、カスピアンの言った三十分がもう少しでたちそうだというときに、何人かがドリニアンとラインスに気に入ってもらおうとして、はっきりと「ごますり」をはじめた。（少なくとも、私の学校ではそういう言いかたをした。）やがて、行きたくないと言う者は三人しか残らなくなってしまい、その三人は一所懸命、自分たちといっしょにとどまるようにとほかのみんなを説得した。まもなく、残っているのは、ひとりだけになった。結局そのひとりも、ひとりぼっちで残されるのがこわくなって、決心をひるがえしたのだ。

三十分がたってみると、全員がぞろぞろとアスランのテーブルにもどってきて、テーブルの片側にならんだ。ドリニアンとラインスは、カスピアンとならんですわって、参加希望者の名前をカスピアンに報告した。カスピアンは最後の最後に決心を変えたひとり以外全員を受け入れた。その男の名前は、ピテンクリームといい、ほかのみんながこの世の果てをさがしに出かけているあいだ、ずっと星の島にとどまったが、みんなといっしょに行きたかったと、とてもくやしがった。ラマンドゥやその娘に話しかけるのを楽しいと思うような男ではなかった。（それはラマンドゥたちも同じだった。）毎晩テーブルにすばらしいごちそうがならんだが、雨がかなり降っていて気分はさえなかった。かたすみに四人の貴族たちが眠っているテーブルに自分ひとりだけがすわって食事をするのは気味が悪かった。（雨降りならなおさらそうだ。）ほかのみんながもどってきたとき、ピテンクリームは自分が仲間外れだと強く感じたので、故郷へ帰る航海の途中、ローン諸島で下船し、カロールメンへ行って暮らしはじめた。ピテンクリームはそこで、自分がこの世の果ての冒険をしたというすてきな話を語り、ついには自分でもその話を信じるようになった。つまり、言ってみれば、ずっとしあわせに暮らしたと言えるわけだ。ただ、ネズミだけは、どうにもがまんならなかったとのことだ。

その夜、柱のあいだにある大きなテーブルのごちそうが魔法によって新しくならべられると、みんなはいっしょに食べたり飲んだりした。あくる日の朝、あのすばらしい鳥たちがまたやってきて、飛びさったとき、夜明けのむこう号はふたたび出航した。

「姫君」と、カスピアンは言った。「魔法を解いたとき、またあなたにお会いしたい。」

ラマンドゥの娘は、カスピアンを見て、ほほ笑んだ。

第十五章

果ての海の不思議

船がラマンドゥの島を出てまもなく、すでにこの世の果てを越えて、そのむこう側へ来ているような気がしていた。なにもかもちがっていたのだ。まず、あまり眠らなくてもだいじょうぶになった。眠たくならないし、食事も少しでよく、話も小声でじゅうぶんだった。もうひとつは、光だった。とてもまぶしいのだ。毎朝、太陽がのぼってくると、ふつうの太陽の、三倍とまではいかなくとも、二倍の大きさに見えた。そして毎朝（ルーシーにはとても不思議に思えたのだが）、あの巨大な白い鳥たちが、だれも知らない言葉の歌を人間の声で歌いながら、頭上を流れるように飛んで、アスランのテーブルに朝食をしに、船尾の方向へ消えていった。少しすると、鳥たちは舞いもどってきて、東へと消えるのだった。

ルーシーは、二日めの午後早くに左舷（さげん）から身を乗り出して、ひとりごとを言った。

「水がなんてきれいなのかしら！」

本当にきれいだった。ルーシーがまず気づいたのは、靴ぐらいの大きさの、小さな黒いものだった。船と同じ速さで、船の横を進んでいる。海面に浮いているのだと最初のうちは思っていたが、やがて料理人が調理場から海へ投げ捨てた、かたくなったパンのかけらが流れてきて、その黒いものとぶつかりそうに見えたが、ぶつからなかった。その上を通り越したのだ。つまり、黒いものは海面ではなく、海中にあるのだ。やがて黒いものは急にとても大きくなったかと思うと、すぐまた、もとの大きさにもどった。

このときルーシーは、どこかでこれと似たようなものを見た気がした。どこで見たのかしら？　思い出そうとして、頭に手を当て、顔をしかめたり、舌で歯をさわったりしてみた。とうとう思い出した。そうだ！　よく晴れた日に列車に乗っているときに見たのだ。自分の乗っている車両の黒いかげが、列車と同じ速さで野原を走るのを見たときと同じだった。列車が、切り通しにさしかかると、ただちにかげはひょいっと、すぐ近くに来て大きくなり、切り立った壁面に生える草の上を列車と競走するのだ。そのうちに切り通しから出ると――ひょい！――黒いかげはまたふつうの大きさにもどって、野原を走るのだ。

「あたしたちのかげなんだわ！　夜明けのむこう号のかげね」と、ルーシー。「船のかげが、海の底を走ってるんだわ。大きくなったのは、海底の丘の上を通ったからね。ってことは、お水が思ったより、ずっとすき通っているんだわ！　すごいわ、海底を見てたってことね。ずっとずっと深いところにある海底を。」

こう言ったとたん、今まで(なにげなく)見ていた銀色の大きなひろがりは、実は海底の砂地なのだとわかった。そして、あちこち暗くなったり明るくなったりしているまだらもようは、海面の光やかげではなく、海底が本当にでこぼこして明暗がついているのだと気づいた。

たとえば、船はちょうど、むらさきっぽい緑のやわらかいかたまりの上にさしかかり、その緑のまんなかには、うすい黒っぽい筋がくねっている。けれども、それが海底にあるのだとわかった今となっては、どうなっているのか、ずっとよくわかった。黒っぽいところはほかのところよりもずっと上にあって、ゆらゆらとゆれているのだ。

「風にそよぐ木みたい。きっと木なんだわ。海底の森ね。」

船はその上を通りすぎ、やがて、白っぽい筋が別の白っぽい筋といっしょになった。ルーシーは考えた。「あそこにおりていったら、あの筋は、森のなかの道みたいでしょうね。あそこで交わっているところは、十字路だわ。ああ、おりていけたらいいのになあ。まあ! 森がおわるわ。じゃあ、あの筋は本当に道なんだわ。ひらけた砂の上を道がのびてるのがわかる。色がちがってるもの。はしが点線みたい。小石かな。あ、道が広くなってきた。」

ところが、本当は広くなったのではなく、近づいてきていたのだった。船のかげがぐうっとあがってきたので、それがわかった。道は——道であることは、もうまちがいない——ジグザグに曲がりだした。明らかに急な丘をのぼっている。そして、ルーシーが首をかしげて、うしろをふり返ると、ちょうど丘のてっぺんから曲がりくねった道を見おろしている感じになった。ずっと遠くでは、太陽光線が海の深くまでさしこんで、海の谷にしげる森を照らしている。ずっと遠くでは、なにもかもがぼんやりとした緑のなかへ溶けている。だけど、ところどころ——日が当たっているのね、とルーシーは思った——群青色になっていた。

しかし、ずっとふり返っているわけにはいかなかった。前のほうに見えてきたものが、あまりにもわくわくするものだったのだ。道はどうやら丘のてっぺんに達したらしく、そこからまっすぐ先へ延びている。道の上を、小さな点がいくつも行ったり来たり動いている。そして、おりよくいっぱいの日ざしを浴びて——と言っても、海の底まで照らす日ざしとしては、これがいっぱいだという意味だが——とてもすばらしいものが目に飛びこんできた。それは、でこぼこ、ぎざぎざしていて、真珠色というよりは象牙色をしていた。ルーシーはすぐその真上にいたので、最初それがなんだかさっぱりわからなかった。けれども、そのかげが見えてくると、なにもかもがはっきりした。日光がルーシーの肩越しに落ちていたので、かげが背後の砂地にのびていた。その形から、ルーシーは、それが塔や小尖塔や高い塔やドームのかげなのだとはっきりわかった。

「まあ——町だわ。さもなきゃ、大きなお城」と、ルーシーはひとりごとを言った。

「でも、どうして高い山のてっぺんに建っているのかしら?」

ずっとあとでイングランドに帰って、こうした冒険物語をエドマンドと話していたとき、ふたりはその理由を思いついたが、それが本当の理由にちがいないと私は思う。海では深くもぐればもぐるほど、暗くなり、冷たくなる。そして、巨大イカとか、海蛇とか、クラーケン〔伝説の巨大なタコやイカなどの怪物〕といった危険なものが棲んでいるのは、そうした暗くて冷たいところだ。つまり、海の谷は、あぶない、おそろしい場所なのだ。海の人たちが谷に感じることは、私たちが山に感じることであり、暖かくて安心な場所は、海の人たちにとっては、高いところ(私たちなら《浅いところ》と呼ぶ場所)というわけだ。こわいもの知らずの狩人や勇敢な海の騎士たちは、なにかを求めて冒険すべく海の深淵へとおりていくが、休息や安らぎを求めるときは高いところにある家へもどってくる。安らぎと平和、礼儀と議会、スポーツ、踊り、歌といったものが楽しめるのは、海の高いところなのだ。

船はこの町の上をすっかり通りすぎたが、海底はまだあがってきていた。もう船底から数百メートルほどのところまで来ている。道は見えなくなっていた。今、船が進んでいるのは、ひらけた海底公園のようなところで、明るい色をした植物が小さな森のように点々とあった。それから――ルーシーは、興奮のあまり、きゃあとさけびそうになった――人がいたのだ。

十五人から二十人ほどの人たちが、みんな《馬》、つまり、タツノオトシゴ（英語で「海の馬（シーホース）」）に、またがっていた。水族館にいるようなちっちゃなタツノオトシゴではなく、海の人たちよりも大きい。位の高い、りっぱな人たちなんだわ、とルーシーは思った。何人かの額には、金がかがやいているのがちらりと見えたし、肩からはエメラルドかオレンジ色の長い飾りのようなものが流れのなかでひらひらとなびいていたからだ。そのとき――

「もう、あんなにいっぱいお魚さんがいたら、見えないじゃない！」ルーシーがそう言ったのは、小さな太った魚の群れが海面すれすれに泳いできて、ルーシーと海の人たちのあいだを通ったからだ。けれども、それで海中がよく見えなくなったものの、おかげで、とてもおもしろいことが起こった。突然、これまでにルーシーが見たこともないような気性の荒い小魚が、下のほうから飛び出してきて、群れにいた一匹の太った魚にパクッと食らいついて、口にくわえたまま、すばやく底へとしずんでいったのだ。《馬》に乗った海の人たちはみんな、そのようすをじっと見あげていた。おしゃべりしたり、笑ったりしているようだ。小魚が獲物をくわえて海の人たちのところへもどっていく前に、同じ種類の小魚がもう一匹、海の人たちがいるところからあがってきた。まんなかのタツノオトシゴに乗った大柄な海の男の人が、手につかんでいたか手首に乗せていた小魚を放ったんだわと、ルーシーは思った。

「まあ、きっと狩りをしているんだわ。鷹狩りみたいに。ええ、そうだわ。ちょうどあたしたちがずっと昔にケア・パラベルで王さま、女王さまだったころに、鷹を手首にとまらせて狩りに出たように、この人たちは気の荒い小魚を手首にとまらせて狩りをしてるんだわ。そして、小魚を飛ばして――というより、泳がせて――獲物をつかまえてるんだわ。どうやって――」

ルーシーが急に言葉を切ったのは、ようすが変わったからだ。海の人たちが、夜明けのむこう号に気がついたのだ。魚の群れが四方八方に散った。海の人たちは、自分たちと太陽のあいだに入ってきたこの大きな黒いものはなにかと、上へのぼってきた。そして、海面すぐ近くまで来たので、水から顔を出せば、ルーシーは話しかけることができそうだった。男の人も女の人もいた。全員、なにか冠のようなものをつけており、真珠の首飾りをしている人も大勢いた。服は着ていない。体は古い象牙の色で、髪の毛は暗いむらさき色だった。まんなかにいる王さま（王さまであることはまちがいようがなかった）は、ルーシーの顔をえらそうに、きっとにらみ、手に持った槍をふった。騎士たちも同じようにした。貴婦人たちの顔は、おどろきでいっぱいになった。この人たちは、船も人間も見たことがないんだわ、と、ルーシーは感じた。それもあたりまえだ。船など来るはずもないこの世の果ての先の海で、どうして船や人を見ることができよう？

「なにを見てるんだい、ルー？」

すぐとなりで声がした。ルーシーは、あまりにも夢中で見ていたので、その声にハッとしてふり返った。手すりにずっと同じ姿勢でよりかかっていたために、腕がしびれて感覚がなくなっていることに気づいた。ドリニアンとエドマンドが、となりにいた。

「見て」と、ルーシーは言った。

ふたりは海をのぞきこんだが、すぐにドリニアンがささやいた。

「今すぐうしろをむいてください、陛下がた。そうです、海に背をむけるのです。そして、どうでもいいことを話しているふりをしてください。」

「あら、どうして？」

ルーシーは、言われたとおりにしながら、たずねた。

「船乗りがああいうものを見ると、ろくなことにならんのです」と、ドリニアン。「海の女に恋をしたり、海底の国そのものに夢中になって、海にとびこむやつが出てきたりします。見知らぬ海ではそういうことが起こると聞いたことがあります。こうした連中を目にするのは、いつも不吉なのです。」

「でも、昔はお友だちだったはずよ」と、ルーシー。「昔、お兄さんのピーターが最大の王だったとき、ケア・パラベルでは、みんな海面から顔を出して、あたしたちの戴冠式(たいかんしき)で歌を歌ってくれたわ。」

「それは、別の海の人たちなんだと思うよ、ルー」と、エドマンド。「水中でも空気中でも生きられる人たちだ。この人たちはそうじゃないと思う。もし空気中に顔を出せるなら、とっくにそうして、ぼくらを攻撃しはじめていたように見えるよ。とても気が荒そうだ。」

「ともかく」と、ドリニアンは言いかけたが、そのときふたつの音が聞こえた。ひとつは、ドブンという音。もうひとつは、戦闘楼から「人が海に落ちたぞ!」とさけぶ声だ。それから、みんないそがしくなった。何人かの船乗りは、さっとマストにのぼって帆をたたんだ。ほかの船乗りは下へ降りて、オールをにぎった。船尾楼にいたラインスは、舵(かじ)の柄をぐっとまわして、落ちた人のところへ船をもどそうとした。けれども、そのときには、落ちたのは、厳密には「人」ではないことを、みんなわかっていた。落ちたのは、リーピチープだったのだ。

「あのネズミやろうめ!」と、ドリニアン。「乗組員全員をたばにしたよりも、めんどうを起こすやつだ。なんかごたごたがありゃ、決まってあいつだ。あいつにゃ鉄の足かせをつけなきゃだめだ。縄でしばって船底をくぐらせるおしおきだ。島流しにして

——あのひげをひっこ抜いてやれ。だれか、あのいまいましいチビすけを見つけたか？」

こんなことを言うのは、ドリニアンが本当にリーピチープを嫌っていたからではない。それどころか、大好きで、心配でならず、だからこそ怒ってしまったのだ。ちょうど、みなさんが道路に飛び出して車の前に出たりしたら、お母さんがかんかんになるのと同じだ。知らない子がそんなことをしたときよりも、ずっとずっと怒るだろう。だれもリーピチープがおぼれることを心配などしなかった。泳ぎはとてもじょうずだったからだ。ただ、海中でなにが起こっているか知っている三人は、海の人たちが手にした長くておそろしい槍のことを心配していた。

しばらくして、夜明けのむこう号がぐるりとむきを変えると、海中に黒いものがブクブクしていた。リーピチープだ。ものすごく興奮してなにか言っているが、口に水がいっぱい入っているので、なにを言っているのやら、だれにもわからない。

「あいつをだまらせないと、なにもかもしゃべっちまうぞ」

ドリニアンは大声をあげると、そうはさせまいとして、船べりへ駈けより、自分でロープをおろし、船乗りたちにさけんだ。

「だいじょうぶだ、だいじょうぶだ、持ち場へもどれ。ネズミを引きあげるくらい、助けなしにできる。」

リーピチープがロープをのぼりはじめると——毛がびしょぬれで重くなっていたの

で、あまり身軽にあがってはこなかったが——ドリニアンは身を乗り出してリーピチープにささやいた。

「だまってろ。なにも言うな。」

ところが、水をしたたらせて甲板に着いたリーピチープは、海の人たちのことなどまったく眼中にないようすだった。

「うまいぞ！」と、リーピチープは、チューチューと言った。「うまい、うまいんだ！」

「なにを言ってるんだ？」ドリニアンが怒って言った。「それに、ぶるぶると体をふるって、おれに水を浴びせるのはやめろ。」

「水がうまいって言っているのさ」と、リーピチープ。「うまくて、新鮮だ。塩水じゃない。」

しばらく、そのことの大切さがだれにもよくわからなかった。すると、リーピチープは、昔の予言をもう一度口にした。

波がおいしくなるところ、
疑うなかれ、リーピチープ、
最果ての東あり。

それでようやくみんなは理解した。

「バケツをくれ、ライネルフ」と、ドリニアン。

バケツが手渡され、ドリニアンはバケツをおろして、海水をくんで引きあげた。海水はガラスのように光っている。

「まず陛下から味見をなさいますか」と、ドリニアンはカスピアンに言った。

王はバケツを両手にかかえ、口へ運び、すすった。それから、ぐっと飲んで、頭をあげた。表情が変わっていた。目のみならず、なにもかもが、かがやいていた。

「本当だ」と、カスピアン。「おいしい。これは真水だ。これを飲んだら死ぬかもしれないが、これで死ぬなら本望だ。もしこのことを前から知っていたら、これを求めてここまできただろう。」

「どういうことだい？」エドマンドが、たずねた。

「これは――ほかのなによりも、光に似ているんだ」と、カスピアン。

「光なのです」と、リーピチープ。「飲むことのできる光です。もうこの世の果てにかなり近いところまで来ているはずですよ。」

しばらく沈黙があり、それからルーシーが甲板にひざまずいて、バケツからその水を飲んだ。

「こんなにすてきなもの、飲んだことないわ。」ルーシーは、あえぐようにして言った。「でも、ああ――きついわね。もうなにも食べたりしなくていいわ。」

それから、乗組員全員がひとりずつ飲んだ。長いあいだ、みんなだまっていた。あまりにも健康になり、あまりにも強くなった感じがして、つらいほどだった。

やがて、別の効果があることにも気づいた。前にも言ったように、ラマンドゥの島を出て以来、ものすごい光が満ちており――太陽は（熱すぎはしないが）大きすぎ、海はまぶしすぎ、空気はきらきら光りすぎていた。今、光は少しも減っておらず――どちらかというと、増えていたのだが――みんなは、光にたえられるようになっていたのだ。だれもが、目をしばたたかずに太陽をまっすぐ見つめられた。今までは、まぶしくてとても見られなかった光が見られるようになっていたのだ。甲板も、帆も、自分たちの顔も体も、ずっと明るくなって、どのロープもかがやいていた。あくる日の朝、今や、もとの五、六倍の大きさの太陽がのぼると、みんなはそれをじっと見つめて、そこから飛んでくる鳥たちの羽根を一枚一枚まで見ることができた。

その日は一日じゅう船の上でだれもなにも言わなかった。ようやく夕食の時間になって（例の水で満足していたので、だれも夕食を食べたいとは思わなかった）、ドリニアンが口を開いた。

「これはどういうことだろう。風はそよとも吹いていないし、帆はたれたままで、海は池のように波ひとつないというのに、船はまるで強風に押されているかのようにずん進んでいる。」

「ぼくもそのことを考えていたんだ」と、カスピアン。「なにか強い潮流につかまったにちがいない。」

「えーと」と、エドマンド。「そいつは嫌だね。世界に本当にはしがあって、その近くまで来てるんだとすると。」

「つまり、」と、カスピアン。「はしから、こぼれ落ちるってことか。」

「そうです、そうです」と、リーピチープが前足で拍手をしながらさけんだ。「私はいつもそのように想像しておりました。世界はまるいテーブルのようなもので、海の水は、そのはしからずっとこぼれ落ちているのです。船は、がくんと、頭を下にして立つでしょうね――一瞬、はしから下を見ることができるでしょう。それからどんどん落ちていく。ものすごい勢いで、ひゅーんと――」

「そして、その底でわれらを待ちうけているのは、なんだろうか」と、ドリニアン。

「おそらく、アスランの国です」と、リーピチープは、目をかがやかせながら言った。

「あるいは、底はないのかもしれません。いつまでも、どこまでも、落ちつづけるのかもしれません。けれども、それがなんであれ、この世の果てのむこうを一瞬でも見たいと思いませんか。」

「だけど、いいかい」と、ユースタス。「そんなの、みんなばかげてるよ。世界は、まるいんだ――つまり、テーブルみたいじゃなくて、ボールみたいにまるいんだ。」

「ぼくらの世界はそうだけど」と、エドマンド。「ここは、どうかな？」

「すると、なにかい？」と、カスピアン。「きみたち三人は、（ボールみたいに）まるい世界からやってきながら、ぼくにそのことを教えてくれなかったって言うのかい！そりゃ、あんまりだよ。まるい世界が出てくるおとぎ話があって、大好きだったんだぜ。ほんとにそんな世界があるなんて思いもしなかったよ。でも、そういう世界があったらいいな、そんな世界に住みたいなってずっと思ってたんだ。ああ、そうできたらなあ――なんだって、きみたちはぼくらの世界に入ってこられるのに、ぼくらはきみたちの世界に行けないのかなあ？　行けたらいいのになあ。ボールみたいなものの上で暮らすなんて、おもしろそうだ。きみたちは、人がさかさまになって歩きまわってるところへ行ったことはあるの？」

エドマンドは、首をふった。「そんなんじゃないんだ。行ってみりゃわかるけど、まるい世界なんて、別にすごいもんじゃないよ。」

第十六章

この世の最果て

海の人たちに気づいたのは、ドリニアンとペベンシー兄妹以外では、リーピチープだけだった。リーピチープは、海の王さまが槍をふっているのを見たとたんに飛びこんだのだ。そんなことをしたのは、おどしか挑戦だと考え、ただちに決着をつけたかったからだった。ところが、水が真水であると発見してびっくりしたために、それどころではなくなってしまった。そこでリーピチープが海の人たちのことを思い出す前に、ルーシーとドリニアンがリーピチープをわきに連れ出し、見たことをだれにも言ってはだめだと注意した。

けれども、そのころには結局、夜明けのむこう号は、だれもいないと思われる海へとすべり出していたから、気にすることはなかった。海の人たちをさらに見たのはルーシーのほかにいなかったし、それもほんのちらりと見ただけだった。あくる日の午前中、船はかなり浅い海にさしかかり、海底には海草がしげっていた。お昼前に、ルーシーは魚の大群がその海草を食べているのを見た。みんな着実に食べ進み、いっせいに同じ方角に動いていた。

「羊の群れみたい」と、ルーシーは思った。ふいに、その群れのなかに、ルーシーと同い年ぐらいの小さな海の女の子の姿が見えた。静かな、さびしそうな女の子で、手には羊飼いの杖を持っていた。ルーシーは、この子は羊飼いなんだわ――いえ、魚飼いなんだわ――と思った。そして、魚の群れは、本当に海の牧場で飼われているんだと思った。魚も女の子も海面のすぐ近くにいた。そして浅い海をすうっと通ってきた女の子と、船べりから身を乗り出しているルーシーとが、ちょうど顔と顔を合わせたとき、女の子はこちらを見あげて、ルーシーの顔をじっと見つめた。どちらも相手に話しかけることができず、あっという間に女の子は船尾のほうへ消えた。けれども、ルーシーはその子の顔が忘れられなかった。ほかの海の人たちのように、おびえた顔や怒った顔をしていなかったのだ。ルーシーはその子が好きになったし、その子もきっとルーシーのことを好いてくれたという気がしてならない。そのたった一瞬に、ふたりは友だちになったのだ。ふたりがまた会えるなんてことは、この世界でも、ほかのどこでもなさそうだったが、もし会えたら、ふたりは両手をさしのべて、たがいに駈けよったことだろう。

そのあと何日もして、マストを支える横静索が風で鳴ることもなく、船首に泡がたつこともなく、波のたたない海を、夜明けのむこう号はすうっと東へすべっていった。

毎日、毎時間、光はどんどんまぶしくなったが、それでもみんなは平気だった。だれも食べたり、眠ったりせず、食べたいとも眠たいとも思わなくなり、ただ海から目がくらむばかりの水をバケツでくみあげて、だまって乾杯して、ごくごく飲んだのだった。それは、ワインよりも強くて、ふつうの水よりもなんだかもっとびしょびしょしていて、もっとなめらかな感じがした。この航海がはじまったときに年寄りの船乗りがひとりかふたりいたが、その人も毎日若返っていった。船にいるだれもがよろこびと興奮に満ちていたのだが、おしゃべりをしたくなるような興奮ではなかった。船を進めれば進めるほど、口数が少なくなり、話すときもささやくようになった。この最果ての海の静けさが、みんなにうつっていたのだ。

ある日、カスピアンがドリニアンにたずねた。

「船長、前方になにが見える？」

「陛下。見えるのは、白です。北から南まで水平線のどこも、見わたすかぎり。」

「ぼくの目にもそう見える。それがなんなのか、見当もつかない。」

「緯度が高ければ、あれは氷だと申したところでしょう。けれども、氷のはずがありません。ここではありえない。それでも、部下たちにオールをにぎらせ、流れにさからうようにしたほうがよいでしょう。あれがなんであれ、この速度で激突したくはありませんからね。」

みんなはドリニアンが言うとおりにし、船の速さをどんどんゆっくりにした。白いものは、近づいていっても、やはりなんなのかさっぱりわからなかった。もし陸なら、かなりかわった陸だ。というのも、水と同じ高さで、水のように平らに見えるからだ。かなり近づいたところで、ドリニアンは舵を大きく切って夜明けのむこう号を南にむけ、流れに対して横むきになるようにし、白いもののはしに沿って南のほうへ少し漕ぎ出させた。そうすることでたまたまわかったのだが、流れは十二メートルほどの幅しかなく、それ以外の海は池のようにじっとしていたのだった。これは、船乗りたちにとっては、朗報だった。みんな、流れにさからって船を漕ぎつづけてラマンドゥの島までもどるのはかなりきつそうだと思いはじめていたからだ。(そしてまた、あの羊飼いの女の子が、あんなにすばやく船尾のほうへと消えさったのも、これで説明がつく。あの子は流れのなかにいなかったのだ。もし流れのなかにいたら、船と同じ速度で東へと動いていたことだろう。)

それでも、白いものがなんなのか、だれにもまだわからない。そこで、ボートがおろされ、調べに出かけることになった。夜明けのむこう号に残った者たちには、ボートが白いもののまんなかへと押し入っていくのが見えた。そして、ボートの上の人たちが、おどろいたようなかん高い声で話しているのが(静かな水の上を伝わってはっきりと)聞こえた。それから、ボートの舳先にいたライネルフが水深を測るあいだ、静かになった。そのあと、漕いでもどってきたボートのなかには、白いものがたくさん入っているようだった。みんな船べりへむらがって、なにがあったのか知りたがった。

「スイレンです、陛下！」ボートの舳先にいたライネルフがさけんだ。

「なんだって？」と、カスピアン。

「花ざかりのスイレンです、陛下」と、ライネルフ。「故郷の庭の池にあるスイレンと同じです。」

「見て！」と、ボートの艫にいたルーシーが、白い花びらや大きな平たい葉っぱをぬれた腕にいっぱいかかえて持ちあげてみせた。

「水深はどれくらいだ、ライネルフ？」と、ドリニアン。

「それがおかしいんです、船長」と、ライネルフ。「まだ深いんです。三尋半〔約六・四メートル〕はゆうにあります。」

「ほんとのスイレンのはずがないよ――ぼくらが言うスイレンじゃないよ」と、ユースタス。

おそらく本当のスイレンではなかったのだろうが、そっくりだった。それから、しばらく相談してから、夜明けのむこう号はまた流れに乗って、東にむかってすべりだし、《スイレンの湖》と言うか、《銀の海》（みんなは、両方の呼びかたを試してみたが、

《銀の海》のほうがしっくりきたので、今ではそちらがカスピアンの地図に載っている）へと入りこんでいき、こうして夜明けのむこう号は、最も不思議な世界での航海をはじめることになった。やがて、船があとにした海は、西の水平線に青く細い筋となって見えるばかりとなり、あたり一面、かすかな金色がまじった真っ白な世界がひろがった。ただ、船が通ってきたところだけは、スイレンが押しのけられて、海面に深緑の鏡のように光る道がひらけていた。見ると、この最果ての海は、北極にとても似ていた。みんなの目がワシのように強くなっていなかったとしたら、この白い世界にかがやく太陽は——とりわけ、いちばん大きく見える朝日は——とてもまぶしくてたえられなかっただろう。そして、夕方になっても、この白さのおかげで、あたりはなかなか暗くならなかった。スイレンは、どこまでも果てしなくひろがっていた。何キロも何キロも花が浮かんでいる海を、くる日もくる日も進んでいるうちに、やがて、香りがただよってきた。ルーシーには、なんと表現すればよいかわからなかった。あまいと言えばあまい香りなのだが、眠気をさそうわけでもなければ強烈でもなく、すがすがしく、野性的で、さびしい香りで、それが頭のなかに入ってくると、一気に山だって駆けのぼってみせるという気合いが生まれ、ゾウとだってとっくみあいだってできるという気にさせてくれるような香りだった。ルーシーとカスピアンは、たがいにこう言った。「この香り、これ以上かいでいられない気がするけど、なくなってほしくな

い。」

何度も水深を測ったが、海が浅くなってきたのは、何日かしてからのことだった。そのあとは、どんどん浅くなっていった。ついにある日、流れから船を出して、かたつむりのようなゆっくりとした速さで漕ぎ進むことになった。やがて、夜明けのむこう号がこれ以上東に進めないことがわかった。実際のところ、船底を海底にこすらないようにするには、かなりの腕前がいった。

「ボートをおろせ」と、カスピアンがさけんだ。「そして、全員、船尾に集合。話がある。」

「なにをするつもりかな？」ユースタスがエドマンドにささやいた。「なんか、カスピアン、目つきがへんだぞ。」

ふたりは船尾にいるカスピアンのところへ行き、やがて船乗り全員が、王の演説を聞こうと、はしごの下にむらがった。

「きっと、みんなあんな目つきをしてるんだよ」と、エドマンド。

「諸君」と、カスピアンが声をあげた。「今や、諸君がはじめた航海の目的が達せられた。七人の貴族は全員その詳細がわかり、サー・リーピチープが二度と帰ってこないと誓った以上、諸君はラマンドゥの島へ行けば、そこでレヴィリアン卿、アルゴズ卿、マヴラモーン卿が目ざめているのを見出すだろう。わがドリニアン卿、きみには、この船をゆだねる。全速力でナルニアへもどり、とりわけ死水島へは立ち寄らないようにしてくれ。そして、わが摂政であるこびとのトランプキンに命じて、ここにいるわが仲間たちに、私が約束したものをほうびとしてとらせるように言ってくれ。みんな、よくやってくれた。もしぼくが帰ってこなければ、摂政トランプキン、コルネリウス博士、アナグマのトリュフハンター、そしてドリニアン卿とで、ナルニアの王を選んでほしい。その際、同意を――」

「しかし、陛下」と、ドリニアンが口をはさんだ。「陛下は、退位なさるのですか？」

「ぼくはリーピチープとともに、この世の果てを見に行く」と、カスピアンは言った。

うろたえた低いささやきが、船乗りたちのあいだを走った。

「こちらはボートをもらう。このおだやかな海ではきみたちにボートはいらないだろう。ラマンドゥの島で新しいボートを作ってくれ。そして――」

「カスピアン」と、エドマンドが急に厳しい声で言った。「そりゃ、だめだよ。」

「そのとおりです」と、リーピチープ。「陛下、それはなりません。」

「だめですね」と、ドリニアン。

「だめだと？」そうするどく言ったカスピアンは、一瞬、叔父のミラーズにどこか似ていた。

「陛下のお許しを得て申しますが」と、下の甲板からライネルフが言った。「われわれのうちのだれかが同じことをすれば、それは、脱走と呼ばれます。」

「長いこと仕えてきたからといって、いい気になるな、ライネルフ」と、カスピアン。

「いえ、陛下！　まったく、やつの言うとおりです」と、ドリニアン。

「アスランのたてがみにかけて、」と、カスピアン。「おまえたちは、家来のはずだ。ぼくの先生じゃないぞ。」

「ぼくは家来じゃない」と、エドマンド。「そして、ぼくは言う。きみがそんなことしちゃだめなんだ。」

「また、だめって言う」と、カスピアン。「どういうことだ？」

「失礼ながら、陛下、そのようになさってはならないと申しあげているのでございます。」

リーピチープがとても深いおじぎをして言った。「陛下は、ナルニアの王でいらっしゃる。陛下がお帰りくださらないと、家来たち、とりわけトランプキンの信頼を裏切ることになりましょう。陛下は、あたかも一般人であるかのように、冒険を楽しまれるわけにはいかないのです。そしてもし陛下がお聞きわけくださらないのであれば、お気づきになるまで、みなの者は私にならって、陛下の武装を解き、おしばり申しあげるのを真の忠誠とみなすでありましょう。」

「まったくだよ」と、エドマンド。「伝説の英雄ユリシーズが、美しい歌声で男を海にひきずりこむ女の魔物のところへ行きたがったときに、船乗りたちがあの英雄をしばりあげたみたいにね。」

カスピアンの手は剣の柄へのびたが、そのときルーシーが言った。

「それに、ラマンドゥの娘さんに、帰ってくるって、約束したんじゃない？」

カスピアンの手が、とまった。「うん、まあ。それもあるな。」カスピアンは、しばらく気持ちを決めかねて立っていたが、やがて全員にさけんだ。

「まあ、好きにするがよい。航海はおわったのだ。全員が帰還する。ボートをふたたび引きあげよ。」

「陛下」と、リーピチープ。「全員は帰還しません。私は、前に申したとおり――」

「だまれ！」カスピアンは怒鳴った。「ぼくは言うことを聞いたんだ。怒らせるな。だれか、このネズミをだまらせないか。」

「陛下は、ナルニアの口をきく獣たちのよき王となられることをお約束くださいました」と、リーピチープ。

「口をきく獣は、そうだが」と、カスピアン。「いつまでもしゃべりつづける獣のことは、なにも知らんぞ。」それからカスピアンは癇癪を起こして、はしごをぱっとおりて、船室へ駆けこみ、バタンとドアを閉めてしまった。

けれども、少しあとで出てきたカスピアンのようすは、がらりと変わっていた。顔は真っ白で、目に涙が浮かんでいた。

「だめだね」と、カスピアン。「これまでもかっとなってしまう自分の性格を直そうとがんばってきたのに、ちゃんとできないなんて。アスランがぼくに話してくれたんだ。いや――ほんとにここにいらしたわけじゃない。そもそも、あの船室なんかに入れないものね。でも、あの壁にかけてあった黄金のライオンの首が動きだして、ぼくに話してくれたんだ。こわかったよ――あの目が。アスランはぼくにつらくあたったわけじゃない。最初はちょっと厳しかったけど。だけど、やっぱり、こわかった。そして、言ったんだ――ぼくに言った――ああ、たえられない。いちばんひどいことを言ったんだ。きみたちは、リーピと、エドマンドと、ルーシーと、ユースタスは、先へ進むけれど、ぼくは帰らなければだめだって、ぼくだけは。それも、すぐに。なにもかも、なんの意味もないじゃないか？」

「ねえ、カスピアン」と、ルーシー。「あたしたちが、いつかあたしたちの世界へ帰らなきゃならないってことは、わかってたでしょ？」

「うん」と、カスピアンは、すすり泣きながら言った。「だけど、こんなにすぐだなんて。」

「あなたは、ラマンドゥの島へもどったら、きっとおちつくわよ」と、ルーシー。

そのあとでカスピアンは少し元気になったが、お別れは、どちらにとってもつらいことだったので、ここでくわしく書くのはやめよう。午後二時ごろ、食料と水とをたっぷり積んで（食べ物も飲み物もいらないとは思っていたのだけれど）、リーピチープのかご舟も載せて、ルーシーたちのボートは夜明けのむこう号から離れて、果てしないスイレンのじゅうたんのなかを漕ぎ進んだ。夜明けのむこう号は、すべての旗をはためかせ、盾を船べりにならべて、その出発を祝った。まわりじゅうスイレンにかこまれながら、低い位置から見あげると、夜明けのむこう号は大きくそびえ立ち、家のように思えた。そして、船はむきを変えて、西へむかってゆっくりと漕ぎ進み、やがて見えなくなった。ルーシーは少し涙を流したが、思ったほど気にならなかった。銀の海の光と、静けさと、ひりひりするようなにおいで、あまりにもわくわくしていたのだ。しかも、（奇妙なことだが）さみしさそのものも、気持ちを高ぶらせた。

ボートを漕ぐ必要はなかった。流れに乗って、確実に東へむかっているのだ。だれも眠りもしなければ食べもしなかった。夜どおし、そしてつぎの日もずっと、東へとすべってゆき、三日めの夜が明けると――朝日は、サングラスをかけていてもたえられないほどまぶしくなっていた――前方に、不思議なものが見えた。ボートと空とのあいだに、壁が立ちはだかっているようなのだ。壁は、緑っぽい灰色で、ゆれていて、ちらちら光っている。そのうちに、太陽がのぼりはじめると、壁越しに太陽が見えて、すばらしい虹色がひろがった。そのとき、壁は、実は大きくて幅の広い波なのだとわかった。滝のように、ずっと一か所で動かない波だ。十メートルほどの高さがあり、流れに乗ったボートはすうっとそちらへ引き寄せられていった。みなさんは、ルーシーたちが危険を感じたと思うかもしれないが、そんなことはなかった。同じ立場にあれば、だれもがそうだっただろう。というのも、波のむこうだけでなく、太陽のむこうにあるものが見えたのだ。みんなの目が、最果ての海の水で強くなっていなかったら、朝日でさえ見つめられなかっただろうが、今はその朝日をはっきりと見つめられたのみならず、そのむこうにあるものさえ見たのである。朝日のむこうの東のほうに見えたのは、山脈だった。あまりにも大きくて、山頂は見えないか見ても忘れたのだろう。東のほうの空を見た記憶のある人はだれもいなかった。この山々は、この世の外にあったにちがいない。というのも、この山々のたとえ二十分の一のさらに四分の一の高さの山であっても、山頂に氷や雪がつもっているはずなのに、この山々は暖かい緑色をして、ずっと上のほうまで森や滝でいっぱいだったからだ。

急に東からそよ風が吹いてきて、波の上のところから泡を飛ばし、ボートのまわりのおだやかな水面を乱した。それはほんの一瞬のできごとだったが、その瞬間に起こったことは、三人の子どもたちのだれひとりとして忘れないだろう。そよ風は、においとともに、メロディーのような音を運んできたのだ。エドマンドとユースタスは、そのことをあとから話題にすることは決してなかった。ルーシーも、「心臓が張り裂けそうだったわ」としか言わなかった。「どうして？　そんなに悲しかったの？」と、私はたずねた。「悲しかったかって？　ちがうわ」と、ルーシーは答えた。

ボートに乗っていただれも、この世の果てのむこうにアスランの国が見えたのだということを疑わなかった。

その瞬間、ガリガリといってボートが陸に乗りあげた。あまりにも浅瀬で、ボートが進まなくなったのだ。

「ここから、私はひとりでまいります」と、リーピチープ。

みんなは、とめようとさえしなかった。それが運命であるかのように、ないしは、前にすでに起こったことのように感じていたのだ。リーピチープがかご舟を海面におろすのを、みんなは手伝った。それからリーピチープは（「もう不要だ」と言って）剣をはずし、スイレンの海のはるかかなたに投げた。それは落ちたところで海面にまっすぐつきささり、柄が水面より上に出てとまった。つぎにリーピチープはみんなに別れを告げて、みんなのためにも悲しそうなふりをしようとしたが、実はしあわせに身をふるわせていた。ルーシーは、最後にして初めて、ずっとやりたかったことをした。リーピチープをだきしめて、なでたのだ。それからリーピチープは急いでかご舟に乗りこみ、櫂を手にし、流れに乗って出発した。白いスイレンのなかで、黒いリーピチープは目立った。しかし、波は、平らな緑の壁になっていて、そこにはスイレンはなかった。かご舟はどんどん速さを増して、みごとに波をすべりあがった。ほんの一瞬、舟とリーピチープの姿がてっぺんに見えた。それからパッと消えて、それ以降、だれもネズミのリーピチープを見たことがあるとは言えなくなってしまった。けれども、きっとリーピチープは無事にアスランの国にたどり着き、今でもそこで暮らしているのだと私は信じている。

太陽がのぼっていくと、この世のむこうにある例の山脈はかすんでいって、見えなくなった。波はまだそこにあったが、そのむこうにあるのは青空だけだった。

子どもたちはボートから出て、浅瀬をバシャバシャと歩いた。波のほうへではなく、その壁を左に見て、南へむかったのだ。どうしてそうしたのかは、子どもたちにもわからなかった。それが運命だったのだ。そして、夜明けのむこう号ではずいぶん大人になったと感じていたし、事実そうだったのだが、今は逆にすっかり子どもにもどった気がして、手をつないで、スイレンを押しわけて歩いていった。つかれはぜんぜん感じなかった。水は温かく、どんどん浅くなっていく。とうとう、乾いた砂の上にあがった。それから、草の生えているところへ出た。とてもこまかな短い草のしげった大きな草原だった。高さは銀の海とほぼ同じで、モグラの穴ほどのでこぼこさえなく、四方へひろがっていた。

もちろん、木々の生えないまっ平らなところではいつもそうだが、まるで空が目の前の草原とくっついているように思えた。だが、さらに進むにつれ、この先でついに空が本当に地面までおりてきてくっついているのだという、不思議な感じがしていた。空は、とても明るいのだけれど、まるでガラスのように実際に硬い青い壁としてそこにあったのだ。やがて、三人は、本当にそうだと確信した。この世の果ては、もうすぐなのだ。

けれども、その空の壁の手前になにかとても白く光るものがあった。緑の草の上にあるその白いものは、みんなのワシのような目をもってしても、まぶしくて見ていられないほどだった。近づいてみると、それは羊だった。

「さあ、来て、朝の食事をしなさい。」羊はとてもやさしい、ミルクのような声で言った。

そのとき初めて気づいたのだが、草の上には火が燃えていて、魚が焼けていた。みんなはすわって魚を食べはじめた。何日ぶりか、ひさしぶりにおなかがすいていた。そして、こんなにおいしいものは、食べたことがなかった。

「どうか、羊さん、教えてちょうだい」と、ルーシー。「これは、アスランの国へつづく道なの？」

「あなたがたが行く道ではありません」と、羊は言った。「あなたがたがアスランの国へ行く扉は、あなたがたの世界にあります。」

「なんだって！」と、エドマンド。「ぼくらの世界からもアスランの国へ行く道があるの？」

「どこからでも、私の国へ行く道はある。」羊がそう言うさなかに、その雪のような白さは褐色がかった金色へとパッと変わり、大きさも変わって、羊はアスランそのものとなった。アスランは、子どもたちの前にそびえ立ち、そのたてがみから光を放っている。

「まあ、アスラン」と、ルーシー。「あたしたちの世界からあなたの国へ行く行きかたを教えてちょうだいな。」

「いつもその道は指し示されているのだよ」と、アスラン。「その道が長いか短いかは言えないが、それがひとつの川を越していくものだということは言っておこう。しかし、こわがることはない。私はりっぱな橋をかけるのがじょうずなのだ。さあ、おいで。空に扉をあけて、きみたちをきみたちの国へ送り返してあげよう。」

「どうか、アスラン」と、ルーシー。「あたしたちが行く前に、またナルニアへもどってこられるか教えてくれない？　おねがい。そして、どうか、どうか、どうかまたすぐ帰ってこられるようにしてちょうだい。」

「いとしい子よ」と、アスランはとてもやさしく言った。「きみときみの兄さんは、もう二度とナルニアにもどってくることはない。」

「ええっ、アスラン！」エドマンドとルーシーは、いっしょに絶望するような声を出した。

「きみたちは、もう大きくなりすぎたのだ、子どもたちよ」と、アスラン。「もう自分たちの世界になじむようにならねばならない。」

「つらいのは、ナルニアのことじゃないの」と、ルーシーはすすり泣いた。「あなたのことよ。あたしたちの世界じゃ、あなたに会えないでしょ。二度とあなたに会えずに、どうやって生きていけばいいの？」

「だが、私には会える、いとしい子よ」と、アスラン。

「え？　あなたは、ぼくたちの世界にもいるのですか」と、エドマンド。

「私は、いる」と、アスランは言った。「しかし、そこでは、私は別の名で呼ばれている。きみたちは、その名前で私を知らなければならない。だからこそ、きみたちはナルニアへ連れてこられたのだ。ここで少し私のことを知れば、きみたちの世界で私のことがずっとよくわかるようになるだろうから。」

「ユースタスも、ここにはもどってこられないの？」と、ルーシー。

「わが子よ」と、アスラン。「本当にそんなことを知る必要があるだろうか。おいで、空に扉をあけてあげよう。」

それから、あっという間に、（カーテンをひきちぎるように）青い壁が一か所やぶられ、おそろしくまぶしい白い光が空のかなたからさしこんだ。アスランのたてがみを感じ、額にその口づけを感じると、ふっと――三人は、ケンブリッジにあるアルバータ叔母さんの家の寝室に逆もどりしていた。

あとふたつだけ話しておこう。ひとつは、カスピアンと家来たちは無事にラマンドゥの島へもどったことだ。三人の貴族らは眠りからさめ、カスピアンはラマンドゥの娘と結婚し、みんなは最後にはナルニアへ帰った。そして娘はりっぱな妃となり、偉大な王たちの母となり、祖母となった。もうひとつは、私たちの世界で、だれもがユースタスがよい子になったと言い、「同じ子だとは思えないよ」などと言われだしたことだ。アルバータ叔母さんだけは例外で、叔母さんは、こう言ったのだった。

「うちの子が、とてもありきたりのつまらない子になってしまった。きっと、あのペベンシー家の子たちから、へんなことを吹きこまれたにちがいないわ」と。

訳者あとがき

本書は『カスピアン王子』につづいて刊行された作品である。原題 *The Voyage of the Dawn Treader* を直訳すれば「《夜明けを踏み行く者》の航海」となるが、この新訳では『夜明けのむこう号の航海』とした。夜明けのむこうには、光りかがやく神の国（アスランの国）があり、船はそこを目指して進むのである。

本書は、角川つばさ文庫より刊行した『ナルニア国物語 ③竜の島と世界の果て』に大幅な改訂を施した新訳である。C・S・ルイスは初版（一九五二）を英国で刊行したのち、アメリカ版の校正刷りを直しているあいだに第12章に改訂を加えたので、本書ではそれを反映させた。角川つばさ文庫の訳と比較していただければ、どこが改訂されたかおわかりいただけると思う。

さて、「ナルニア国物語」シリーズには、白の魔女に代表される強烈な悪の存在に対して若い主人公たちが立ち向かうという構造が多く見られるが、本書は真の悪党が登場しないという点で例外的である。強いて悪党を探せば、第三章に登場する人さらいぐらいであり、人間以外では第八章の海蛇、第十二章の暗闇島などが恐怖を醸し出す。登場人物たちが戦う相手は、もっぱら自らのなかにある邪な心や弱さなのだ。

いじわるで自分勝手だったユースタスがドラゴンに変貌して深く反省し、人の役に立つよろこびを知り、友情の大切さを学んでいくストーリーが本作の中心にある——ユースタスがアスランの泉に入るのは洗礼のメタファーであるし、ドラゴンの皮を脱ぐというくだりは、旧約聖書「エレミア書」第十三章第二十三節「クシュ人は皮膚を、豹はまだらの皮を変ええようか。それなら、悪に馴らされたお前たちも正しい者となりえよう」と呼応する——が、反省すべきなのはユースタスだけではない。カスピアン王子は魔法の泉において支配欲に駆られ、かっとなっていばる性格がなかなか直せなかったりするし、ルーシーでさえスーザンの美貌に嫉妬し、美しくなりたいという誘惑に駆られる。第一巻ですでに悪の誘惑に駆られて仲間を裏切りかけたエドマンドだけが、本書ではりっぱに振る舞う。倒すべき敵は、自分の心の弱さなのだ。

航海の当初の目的は、ミラーズ王に追放されて行方不明となった七名の貴族たちをさがすことだった。七年前に消えた七人の貴族——繰り返される「七」という数字は、彼らが行方不明となった理由と何か関係があるのだろうか。よく指摘されるのがキリスト教（とくにカトリック教会）において人間の根源的な欲望とされる「七大罪」との呼応だ。もちろん、七人の貴族はカスピアン王子の味方となりえた善良な人たちであって悪徳の人たちではない。ただ、本書ではルーシーでさえ「嫉妬」という七大罪の一つにつまずきかけるのであるから、同様に、貴族たちが倒れた理由は彼ら自身のなかにあったと考えることは理に適う。

フロリダ・アトランティック大学准教授トマス・マーティンは、C・S・ルイスのアレゴリーの用い方に注目しながら、七人の貴族は全体として七大罪の象徴となっていると示唆する（Thomas L. Martin, “Seven for Seven: The Voyage of the “Dawn Treader” and the Literary Tradition,” *Mythlore*, 34.2 (2016): 47–68）。

この論考によれば、最初に発見されたバーン卿がある女性と結婚したことにより「《東の海》のむこうに新しい国を探す」という課題を早々にあきらめてしまったのは、新約聖書「ルカ伝」第十四章第二十節において「妻を迎えたばかりなので、行くことができません」と言ってイエス・キリストの招待を断った人物を想起させる。カスピアン王子もラマンドゥの娘を好きになるが、自分の使命を果たすまで待っていてもらい――「魔法を解いたとき、またあなたにお会いしたい」（２３３ページ）参照――そして、そののちに結婚する点でバーン卿と異なっている。七大罪のうちの「淫蕩」にバーン卿は屈したと言えるのかもしれない。また、バーン卿は「私はこれまでに百回も、人身売買などというひどい商売をやめさせるべきだと総督に訴えてまいりました」と言う（55ページ）が行動は起こさない。それに対してカスピアン王子はつぎの章で直ちに奴隷制を廃止させる。行動が伴わない点で、バーン卿は七大罪のうちのない。

つぎにオクテイジアン卿の金の腕輪が見つかるが、これはユースタスが宝物の山のなかで見つけて自分の腕にはめたのだった。オクテイジアン卿が自ら宝物の山に近づいてそこで命を落としたのだとしたら、七大罪のうちの「強欲」に屈したのかもしれない。

死水島(しにみずじま)の湖の底で黄金になって沈んでいたレスティマー卿は、黄金に魅せられて「虚栄」ないし「強欲」の罪を犯したのだろうか。暗闇島で恐怖の体験をしたループ卿になにがあったのかは謎のままだが、前後を考えると残るは「嫉妬」である。

眠りこけていたレヴィリアン卿、アルゴズ卿、マヴラモーン卿の三人については、「マスタードをくれ」と言う人物が「貪欲(どんよく)」の罪を犯し、眠りに落ちる直前にひとりが怒ってナイフを手にしたのは「怒り」の罪を犯したのであり、航海をやめて引き返そうとする人は「怠惰」の罪を表すのであろう。誰が明確にどの罪に対応するというわけではないかもしれないが、七人で七大罪を示すのだろうというマーティン准教授の説は説得力がある。

学者たちが指摘するもうひとつの重要な点に、本書はアイルランド文学の伝統的イムラヴァ(幻想的な航海物語)——とりわけ中世のベストセラー『聖ブレンダン航海譚』——の影響を受けているという事実がある。トールキンがその詩「航海

(Immram)――聖ブレンダンの死」や、子犬が月の世界でドラゴンに追われたり海底で冒険をくりひろげたりする児童文学『ロヴァランダム』において、約束の地を求めて漕(こ)ぎまわるケルト航海譚(たん)に取材したように、本作にもケルトの「他界への旅」の影響があるとされる。クリス・スワンクによれば、闇のなかを通り、がらんどうの屋敷に入り、仙人と出会い、魔法の島を訪れるのはイムラヴァの定型である（Kris Swank, "The Child's Voyage and the Immram Tradition in Lewis, Tolkien, and Pullman," *Mythlore*, 38.1 (2019): 75–98）。

　また、本作が中世のイタリアの詩人ダンテの『神曲』の影響を受けて書かれたものであることも夙(つと)に指摘されている。ダンテの『神曲』も、主人公が神の国（天国）へと歩みを進めていく物語だが、中世文化研究家でもあるC・S・ルイスは『神曲』を熟知していた。「煉獄(れんごく)篇」第二歌では、夜明けに大海原の果てが真っ赤に染まり、白い光が出現し、光の両側に白い翼が現れ、やがて神の鳥たちが近づいてくる光景が描写されている。これなどは、本作の最後の描写を思わせるものと言えるだろう。「天国篇」の最後では、光の国に入った主人公は「光の水を飲み」（目が光に触れるという比喩(ひゆ)）、強い視力を得る。そして光の源である神をまっすぐに見つめることができるようになるのだ。航海のすえに、ルーシーたちが光の水を飲むのには、そういう意味があると考えられる。ダンテとの関連については、Marsha Daigle-Williamson, *Reflecting the Eternal: Dante's Divine Comedy in the Novels of C. S. Lewis* (Peabody: Hendrickson, 2015) および Mattison Schuknecht, "C. S. Lewis's Debt to Dante: *The Voyage of the "Dawn Treader"* and *Purgatorio*," *Mythlore*, 34.2 (2016)：69-81 が詳しい。

ところで、ルイスは、初めて出した散文小説『巡礼者の退行』（一九三三）において、ドラゴンはほかのドラゴンを食べてしまうから一国に一頭しかいないとすでに述べており、それが本書でも繰り返される（99〜100ページ）。ユースタスが変貌したドラゴンの色は明記されていないが、緑色であるならば、ドーノワ夫人マリ＝カトリーヌの童話「緑のドラゴン」（緑の蛇）との連想も働いているのかもしれない。緑の蛇は、『銀の椅子』でサタンのメタファーとして機能する。

そのほかの重要なメタファーについても記しておこう。第十六章で登場する羊は、イエス・キリストのイメージだ（「ヨハネによる福音書」第一章第二十九節）。「救いは、御座（みざ）にある私たちの神にあり、小羊にある」（「ヨハネの黙示録」第七章第十節）とも言われる。強いライオンと弱い小羊は、まったく正反対の存在のように思えるかもしれないが、「ヨハネの黙示録」第五章では、キリストが「ユダ族から出た獅子（しし）（ライオン）」と呼ばれ、小羊の姿で表されている。

羊は、「さあ、来て、朝の食事をしなさい」（265ページ）と言うが、これは「ヨハネによる福音書」の最後の章（第二十一章第十二節）でイエスが言う言葉と同じであり、そのとき弟子たちが食べるのも、焼きたての魚である。

　また、最後の場面で「私は、いる」とアスランは言う（267ページ）が、この「私は、いる」（I am）は、イエス・キリストの言葉そのものだ。「わたしはいるのだ」と「ヨハネによる福音書」第八章第五十八節で語られる（なお、『旧約聖書』「出エジプト記」第三章第十四節では、「わたしは『わたしはある』という者である」と神が言ったと記されている）。

　さて、三人の貴族にかかった魔法を解くには、この世の果てまで行って「そこに、仲間のうち少なくともひとりを置いてこなければならない」（223ページ）とされるが、最終的に、最果ての海のむこうのアスランの国（光の国）へ進むのが許されるのはリーピチープのみだ。リーピチープとともに光の国へ行きたがったカスピアンは王としての務めがあるがゆえに許されない。このときくやしがってカスピアンが発する言葉「なにもかも、なんの意味もないじゃないか？ What is the good of anything?」（260ページ）は、『旧約聖書』「コヘレトの言葉」（別名「伝道の書」）にある「すべては空しい」（第一章二節）に呼応すると指摘されている。この箇所を書いていたルイスの脳裡には、聖書の次の一節がよぎっていたかもしれない。

　人が労苦してみたところで何になろう。

わたしは、神が人の子らにお与えになった務めを見極めた。神はすべてを時宜にかなうように造り、また、永遠を思う心を人に与えられる。それでもなお、神のなさる業（わざ）を始めから終りまで見極めることは許されていない。

わたしは知った
人間にとって最も幸福なのは
　喜び楽しんで一生を送ることだ、と
人だれもが飲み食いし
　その労苦によって満足するのは
神の賜物だ、と。

（「コレヘトの言葉」第三章九〜一三節）

神の御業を終わりまで見極めたいとするカスピアンの願いは許されることはない。アスランの国を目指して必死で航海してきたのに、これまでの労苦はいったいなんのためにあったのかとカスピアンははげしく苦しむが、その労苦のなかで得てきたことで人は満足すべきなのだ。ルーシーがラマンドゥの娘のことをほのめかして、満足できるできるはずだと示唆するのは、「その労苦によって満足するのは神の賜物」とする聖書の言葉に沿うものと考えられる。

そのルーシーでさえ、羊に「アスランの国へつづく道」をたずねると、羊は「あなたがたが行く道ではありません。あなたがたがアスランの国へ行く扉は、あなたがたの世界にあります」（265ページ）と言われてしまう。

これは、人間は現世という世界において、自分の人生をまっとうした暁に初めてアスランの国へ行く扉を開くことが許されるという意味であろう。『リア王』で自殺願望のグロスター伯に対してエドガーが「辛抱が肝心だ。この世を去るのは、生まれ出てくるときと同じ。時が満ちるのを待つしかない」と言うように、その「時」は神によってのみ与えられる。リーピチープはアスランによってその特別の許しを得たと解釈すべきであろう。

神の国とは天国のことだから、リーピチープは「あの世へ行ってしまう」ことになる。だが、それは単に「死ぬ」ことと同じではない。同じなら、リーピチープがなぜよろこび勇んでそこへ行きたがるのかわからなくなる。キリスト教の教えによれば、神の国では、だれもが神とともにあって、至福を味わうことができるのだ。『新約聖書』の「コリント人への手紙第一」第十五章には、神の国では人は眠ってしまう（つまり、死んでしまう）のではなく、永遠のものとなって、死に勝利すると記されている。ルイスは「きっとリーピチープは無事にアスランの国にたどり着き、今でもそこで暮らしているのだと私は信じている」（264ページ）と記しているが、永遠の命を得たリーピチープは、永遠に生きるアスランとともに今もそこにいるはずと考えるべきであろう。

それにしても、なぜリーピチープだけがアスランの光の国に入ることを許されるのか。口をきく動物を人間と同等にみなすナルニア式の考え方に則れば、リーピチープだってルーシーたちと同様、その寿命が全うされるまでは神の国へ入ることは許されないはずではないか。この点に関しては、ルイスがアン・ジェンキンズという少女へ送ったつぎのような手紙が参考になるだろう。

ケンブリッジ、モードレン学寮より
一九六一年三月五日
アン様
アスランが自分は死んだと言ったのはどういうことかは、ある意味ではっきりしています。このシリーズの『ライオンと魔女と洋服だんす』という前の本を読めば、アスランが白の魔女に殺されてふたたびよみがえったお話があります。それを読めば、そのことの裏には深い意味があることがわかるでしょう。
ナルニア国物語全体はキリストについてのお話です。つまり、「ナルニアのような国が本当にあったとして、それが（私たちの世界のように）おかしくなって、キリストがその世界へ行って（私たちの世界を救うように）その世界を救うとしたら、どうなるだろう?」と考えて書いたものです。

物語が私の答えになっています。キリストが人間世界では人間の姿をとるように、ものを言う獣の世界であるナルニアでは、キリストはものを言う獣になるだろうと考えました。ライオンとしてイメージしたのは、(a) ライオンは百獣の王だから、(b) キリストは聖書のなかで「ユダの獅子」と呼ばれているから、(c) この本を書き始めたとき私がライオンについて不思議な夢を見ていたから、です。シリーズ全体はつぎのようになっています。


『魔法使いの甥』は、創造、そしてナルニアに悪が入りこむお話。

『ライオンと~』は、キリストの磔と復活。

『馬とその少年』は、異教徒の召命と改宗。

『夜明けのむこう号の航海』は、精神人生(スピリチャル・ライフ)(とりわけリーピチープの)。

『銀の椅子』は、暗黒の力に対する戦いのつづき。

『最後の戦い』は、キリストの敵(サル)の到来。世界の終わりと最後の審判。


わかったかな?

敬具
C・S・ルイス

(*The Collected Letters of C. S. Lewis*, ed. by Walter Hooper, vol. 3 (SanFrancisco: HarperOne, 2007), pp. 1244-45 より河合訳)

つまり、『夜明けのむこう号の航海』には子どもたちの冒険や探求も描かれてはいるが、それよりも神の国の栄光を目指して生きることの意義、とりわけリーピチープの精神人生（スピリチャル・ライフ）を描いていると言える。ただひたすら神の栄光のみを目指して生きることのできるリーピチープが特殊なのは、（カスピアンが王としての立場ゆえにリープチープに同行できなかったように）ふつうの人間には家族をはじめとする人々との結びつきや社会的役割があるがゆえに、自分の精神世界だけを考慮するわけにはいかないのに対し、リーピチープには現世になんのしがらみもない点にあると言えよう。リーピチープは、人間のような社会的動物ではなく、栄光・栄誉にのみ生きる精神的生き物であるがゆえに、アスランの国へ入れたと考えられるのである。

栄光に生きることはむずかしい。夜明けのむこう号の当初の航海目的は行方不明の七人の貴族たちを捜すことだったが、それがいつのまにかこの世の果てへ進むことに変わっていき、第14章で、帰国を望む船乗りたちがこの世の果てに行くのに反対して最後の航海ができないかもしれないという危機に当たって、カスピアンは、「われらとともに来る者はいずれも、夜明けのむこうにある光の国に踏み入らんとした者としての称号を子々孫々まで残し、帰りの船旅の末にケア・パラベルに上陸したあかつきには、生涯裕福となるだけの金か土地が与えられよう」（２３０ページ）と、シェイクスピアの『ヘンリー五世』における「アジンコートの演説」を思わせる演説で船乗りたちを鼓舞して、船乗りたちの心をつかむ。演説自体は勇ましいのだが、実際の人間世界においては栄光のみを考えて生きてはいけないことは、シェイクスピアが『ヘンリー五世』で描いているとおりだ。その意味で、精神世界のみに生きられるリーピチープは特殊であることを認識しておく必要があろう。「私は、人でなくてようございました」（198ページ）と語ることばには深い意味が籠められていると言わざるをえない。

最後に、この世の果ての海面一面に浮かぶ花について記しておきたい。原文がユリ(lily)となっているためか、映画『ナルニア国物語　第3章　アスラン王と魔法の島』ではユリの花を浮かべて撮影しているが、水面に咲くlilyであるなら、スイレン(water-lily)であろう。大きな平たい葉をしているという描写があり、初版でポーリーン・ベインズが描く挿絵もスイレンに見えるので、スイレンと解釈した。聖書で言及されるユリという語には、スズラン（谷間のユリ）やアネモネをも含むとされており、実際になにを指すか漠然としている。旧約聖書「列王記上」第七章第二十六節や「歴代誌下」第四章第五節に「ユリの花をかたどって、杯の縁のように作られた」とあるのはスイレンを指すのではないかとする説もある。

ルイスは、著書『奇跡』（一九四七）において、自然界のことはすべて説明がつくとする「自然主義」に対抗して、神の存在を認める「超自然主義」を論じているが、その第四章「自然と超自然」で《大いなる驚異に満ちた自然界》と《人間の理性》との対比を論じる際に、水面に美しい花を咲かせるスイレンを比喩として用いているのも見逃せない（原書初版38ページ、再版45ページ）。ルイスによれば、池（自然の象徴）は底なしではなく、水面に花咲くスイレン（自然の表面にある人間の理性的な営為ないしは人間の魂の象徴）は池のなかに茎をのばし、池の底の土に根を生やす。そこはもはや池（自然）ではなく、泥であり土であり地球の中心マグマ――おそらく神の存在をほのめかしているのだろう――へとつながっているのだという。

さらに、『奇跡』第四章「自然と超自然」の冒頭に「フロンティアとは、《外界》が終わって《自己》と呼べるものがはじまるところにあるのではなく、理性と、物理的・心理的を問わずあらゆる非合理な出来事との狭間にあるのだ」と記されているのも、本書と大いに関係があるように思われる。本書の最後に描かれる最果ての海にそびえる滝のような水の壁は明らかにひとつのフロンティアを示していると考えられ、それは一見、自己が終わり外界が迫るぎりぎりのラインのように見える。しかし、ルイスはそれを自然の驚異と人間の理性的営為（または魂）のラインと見ているのである。

なお、ルイスの『奇跡』は柳生直行訳・山形和美改訂訳で『C・S・ルイス著作集』第二巻（すぐ書房、一九九六）に「奇跡論――一つの予備的研究」と題されて収められており、そこでは naturalism と supernaturalism が文学史上の「自然主義」と混同されないように《物象主義》と《超物象主義》と訳されていることも付記しておく。

私たちはアスランの国へ召されるまで、自然という池の表面（日常）にとどまっていなければならない。しかし、私たちは無数に起こっている自然現象のなかの小さなひとつではない。ミミズやアメンボと同じように生きているという点で同じ生物かもしれないが、人間として理性があり魂がある点で私たちはミミズやアメンボよりも重要なのだ。だから、自然の流れのなかでただ時をすごしていてはいけない。自分の心のことを考えなければならない。

不思議は私たちの日常に満ちている。私たちは理性でもってその自然のすばらしい不思議を理解しなければならないのである。

二〇二一年一月

河合祥一郎

本書は二〇一八年五月に小社より刊行された角川つばさ文庫（児童向け）を一般向けに加筆修正したうえ、新たに文庫化したものです。
本書には、一部差別的ともとれる表現がふくまれていますが、作者が故人であること、作品が発表された当時の時代背景、文学性や芸術性などを考慮し、原文をそのまま訳して掲載しています。

（編集部）

本文挿絵／ソノムラ

新訳
ナルニア国物語3
夜明けのむこう号の航海

C・S・ルイス　河合祥一郎＝訳

令和3年 2月25日　初版発行
令和6年 10月5日　6版発行

発行者●山下直久

発行●株式会社KADOKAWA
〒102-8177　東京都千代田区富士見2-13-3
電話　0570-002-301（ナビダイヤル）

角川文庫 22563

印刷所●株式会社KADOKAWA
製本所●株式会社KADOKAWA

表紙画●和田三造

●お問い合わせ
https://www.kadokawa.co.jp/（「お問い合わせ」へお進みください）
※内容によっては、お答えできない場合があります。
※サポートは日本国内のみとさせていただきます。
※Japanese text only

ISBN 978-4-04-109250-7　C0197

◆◆◆

角川文庫発刊に際して

角川源義

第二次世界大戦の敗北は、軍事力の敗北であった以上に、私たちの若い文化力の敗退であった。私たちの文化が戦争に対して如何に無力であり、単なるあだ花に過ぎなかったかを、私たちは身を以て体験し痛感した。西洋近代文化の摂取にとって、明治以後八十年の歳月は決して短かすぎたとは言えない。にもかかわらず、近代文化の伝統を確立し、自由な批判と柔軟な良識に富む文化層として自らを形成することに私たちは失敗して来た。そしてこれは、各層への文化の普及滲透を任務とする出版人の責任でもあった。

一九四五年以来、私たちは再び振出しに戻り、第一歩から踏み出すことを余儀なくされた。これは大きな不幸ではあるが、反面、これまでの混沌・未熟・歪曲の中にあった我が国の文化に秩序と確たる基礎を齎らすためには絶好の機会でもある。角川書店は、このような祖国の文化的危機にあたり、微力をも顧みず再建の礎石たるべき抱負と決意とをもって出発したが、ここに創立以来の念願を果すべく角川文庫を発刊する。これまで刊行されたあらゆる全集叢書文庫類の長所と短所とを検討し、古今東西の不朽の典籍を、良心的編集のもとに、廉価に、そして書架にふさわしい美本として、多くのひとびとに提供しようとする。しかし私たちは徒らに百科全書的な知識のジレッタントを作ることを目的とせず、あくまで祖国の文化に秩序と再建への道を示し、この文庫を角川書店の栄ある事業として、今後永久に継続発展せしめ、学芸と教養との殿堂として大成せんことを期したい。多くの読書子の愛情ある忠言と支持とによって、この希望と抱負とを完遂せしめられんことを願う。

一九四九年五月三日

ナルニア国物語4巻のお話は…

ユースタス・スクラブは、いじめられっ子の少女ジルをなぐさめようと、こっそりナルニアの話をしていると、数十年後のナルニアへ飛ばされてしまう。

ふたりを呼んだのは、アスランだった。カスピアン王とラマンドゥの娘のあいだに生まれたリリアン王子が行方不明になったのだ。アスランは王子の救出をふたりに命じ、「四つのしるし」を手がかりとしてあたえる。

沼むっつりというおかしな案内人に助けられながら、ふたりは謎の貴婦人に出会ったり、巨人の城で危険な目に遭ったりして、北の荒野を冒険する。ついには、怖ろしい魔女の支配する地底国にたどりつく。

そこでふたりは、銀の椅子にしばりつけられた若者と出会う。いったい彼は何者なのだろう……。